青天の彼方へ

范 泰生
Han Taisei

文芸社

この本を手にしてくださった、あなたへ

大したことは書いてないんですよ。ほんの由無し事、他愛ない繰り言でございます。お暇な折にでも頁をめくっていただければ、筆者、これに勝る喜びはございません。

内容は、二、三の標題を除き、およそ十三、四年前に書かれたものばかりでございます。何の因果か、どこから迷い出たのか、ぞろぞろ出てきて、好きなように並び始めたのです。

読み始め当初は、多少の戸惑いもあろうかと思いますが、時代の為せる業《わざ》なのか、今の時代に重なる部分も多いのではと、筆者は密かに自負しております。くすっと笑ってみたり、時に激してみたり、頷いてみたり、……少しは面白いのでは……と。

天《あめ》が下の一隅にこんな変人がやはり日光に照らされて生活していようとは

夢にも知らない。

（夏目漱石『吾輩は猫である』）

漱石先生とも長いつき合いだからな……と妄想に耽る今日この頃でございます。

……ん？　……これ、ひょっとして、おれのこと？

しばしの時を、どうぞ、おつき合いくださいさい。

目次

この本を手にしてくださった、あなたへ　3

第一章　我が脳とつき合う　13

脳想と妄想への誘い　15
千年の夢　18
マザー・テレサの臨終　20
スター・バースト　21
雨……、そして、雨……　23
アフガンの日々　24
空漠のみぞ残る　34
「9・11」多発テロの影響　37

戦争と人間　38
人間とは、何ぞや　40
麗しの沖縄文化論　40
先人の遺産　42
「たけしの誰でもピカソ」　43
松陰と遼太郎　44
名文の系譜　46
生きてきた結果としての死に様《よう》　48
世論という名の「国民感情」　49
ゴシップネタ　50
地方の悪あがき　53
雑文の日々　53
名作執筆の陰に麻薬あり　55

二十一世紀最大のＫＯ劇　56
さだまさしコンサートのあとで　58
早朝、ラジオを聴く　60
どうにも分からない世間の事情　62
石垣島から客人来訪　64
どうにも分からない世間の事情・2　66
またまた、どうにも分からない世間の事情　67
なぜ、山に登るのか　69
さらに、どうにも分からない世間の変わりよう　70
憂き世の風　73
私もニンゲンです　76
生成流転　79
思想への望郷　80

私の「老いの流儀」　81
非文明開化論　85
文化を否、文化的に考える　87
不惑を超えて　88
進歩という名のバブル　90
超高齢化社会　91
親は子を見て育つ　93
オランダは安楽死を合法化　94
ゴルフの友に除細動器　95
小惑星、地球に激突か　97
迷走ＭＲＳＡ　98
エイズ・ウイルスの正体見たり　100
海ガメ、産卵ピーク　103

ガラナの実 104
鈍感について 106
枯れるとは? 108
「がんと闘う筑紫哲也さんに聞く」を読む 109

第二章 我が脳はどこへ行く 115

脳想の時代 117
はるか先をゆく人 119
野茂一〇〇勝 121
靖国参拝「熟慮中」 122
花の祭り 123
ドラゴンボールもかくや、室伏ハンマー金 127
残像のない日本人 128

遍歴そして風格　129
サユリストは今　130
涙ぽろぽろ　133
自然の……と……分からない　134
ポップスの香り　136
これは新しい感覚だ　138
子供のピアノにつき合った　142
ウクレレの魔術師　144
ロックとは？　144
宇宙望遠鏡　146
先人の遺産は誰のもの　147
原初の唄は民謡とは呼ばれていなかった　148
古典音楽小論　149

月ぬ清《かい》しゃ　152
古賀メロディーを知らない日本人　154
驟雨、明け方にあり　156
世間の動き　162
日々、笑止なり　163
スモーキング・ブルース　166
格言・その一　169
格言・その二　172
ビッグ・バン　172
バブルという名の発展　173
三十四年ぶり、フォークの名盤　174
ペンによる活元運動　176
聖夜、いいかげんにせいや！　180

宇宙人と呼ばれるＳ選手　182
談志を読む　183
笑いについて　186
『立川談志遺言大全集』十二巻を読む　187
たかが知れてる　188
無頼絶景　190
はるかなる聖書への道　217
あとがきにかえて　241

第一章　我が脳とつき合う

脳想と妄想への誘い

……ぅん……、停滞だ。こう暑いと精神は停滞する。言葉が出てこない。頭の中で何かが浮かび指先まで降りてきても、文字にならない。あれも書ける、これも書けるとは思うのだが、どれも単発に浮かんでは消え、消えては浮かび、実にまとまらない。

暑さとは恐ろしいものだ。ただ、団扇をあおぎ、星空を眺め、星はいいなぁ……と思いながら、泡盛のロックをなめながら、夜を過ごすことになるのだ。

あぁ、この怠惰、南方は精神衛生上、実によくない。いや、それとも、よすぎるのか。金が入ったら、リゾートホテルの最上階でも長期に借りて、作品を仕上げたいものだ、と夢に耽ることがある。これも南方の怠惰の為せる業《わざ》だ。

私が常々言って（書いて）いるのは、人間の営みの愚かさである。これ以外にない。延々と駄文にのせて紡いでいるのは、「人間の愚かさ」以外にはない。そして、私もまた、その愚かしい人間の一人なのである。

しかし、一日が過ぎると、この肝心の記憶というやつが朧になるな。もう、ボロボロや。つまるところ、テレビにしろ、世の雑景にしろ、膨大な音楽、書籍と様々なものが、短時間のうちに交錯していく。これも時代のせいなのだろうけど、しかし、過去世にこういう時はあったのだろうか。

地球誕生から四十五億年というけれど、これも仮説にすぎないのだから、人間には何も分かっていないわけだし、この頭蓋骨に納まっている脳ミソこそ、未知の大海にして大陸、大宇宙ということなのだろう。

それにしても、脳ミソはいかにして生まれたのか。

脳ミソを操作しているようで、実際のところ、自分ではどうにもならない。電気刺激で、いとも簡単に臨死体験なども出現するというし、また、地球を破壊するほどのアトミック・ボムなども開発したりしてね。この遠大壮大偉大にして愚かなる脳ミソ。現実に、この地球上には五十八億個もあるわけだよな。

たとえば、凡人の脳ミソでも、ある特定の部位を的確に電気で刺激すれば、アインシュタインだろうが覚者《ブッダ》だろうが出現するってわけだろう。

そういうことで言えば、この世という現実も、誰かの脳ミソの妄想のドラマを演じているかもしれないんだよ。妄想と妄想が交錯し、そして衝突し、この世が展開していく、と。

……いやいや、おもろいものよのぉ……、悟りも迷いも紙一重、同じ（脳）ミソの中か。それにしても、明日のミソ汁はうまかった（？）……何のこっちゃ。……いや、過去も未来も神一重……と。

丸山健二の『るりはこべ』、これは、そのとおり壮大な妄想だろうね。おれも妄想の片鱗を示したいけど、壮大とまではいかないな。それにしても、丸山の妄想はすごい。この男こそ「山の中のホームレス」だろう。精神のホームレス、流浪の魂、いざ、妄想の旅へ。

千年の夢

小林秀雄が死して十八年、「……全集刊行」とある（本文執筆時、平成十三年）。確かに小林秀雄は偉大だった。古文の世界を除けば、近代文による思索の系譜というべきものは小林秀雄の時代におおよそ形作られているのではないだろうか。

赤は赤、白は白、キリストは誰が論じてもキリストだし、モーツァルトは誰が聴いてもモーツァルトだろう。夏は暑く冬は寒い。時が来れば人は皆死ぬことになる。この世に論ずることは何もない。生まれたらただ死ぬまで生きることだ。

しかし、視点を変えれば、光の具合で白が赤く見えることもある。赤もハレーションを起こし、白とほとんど色が変わらないほど色が飛んでしまうこともある。意識の裂け目に出会えば、モーツァルトもまた、違った音として響いてくることもある。ほんのちょっとしたタイミングで、とてつもない美を醸し出す人もいる。

そういう幸運に巡り合うために人は生きているのだろう。

ただ漫然と生きていては、そういう「時」に出会わないまま過ぎていく人もいる。

いや、むしろそういう人が多いのだろう、きっと。

何がいいたいのか。……ん？　だから、漫然と生きないためにも小林秀雄ぐらいは読んでおけ、とでもいいたいのだろうか。

（……何をとち狂っておる。自分でいったのだ。自分で答えろ！）

思索する人は視点が違う、とでもいっておくか。そんなことは分かっている。しかし、だから、何なのだ。

朝の一杯の珈琲に幸福を感じよう。南の海で泳げば心地よい。いい女はやっぱりいい、春夏秋冬、過ぎ去らないものはない。日日是生死。地球が終われば偉大な評論も、悲しいかな宇宙の塵となる。その先は分からない。意識は残るかも……といったところで、分からないから面白いのだ。

夏草に　月明かりいくつ　千年の夢

マザー・テレサの臨終

「死の床でマザー・テレサも眠れずに苦しみ……このため、本人の同意を得て神父が悪魔払いの儀式を行い、安らかに眠れるようになったという」

マザー・テレサの死から四年後の、AP通信社発信のインドからのニュースである。片隅に載っていた。

この記事は何のために拾ったのだろう。「それ見ろ、聖人といわれる人でも大したことはなかろう」ということか。よく聞くエピソードがあるだろう。悟りに至った名僧が、死の床で恐れをなした、という。マザー・テレサも死の淵でもがいたのだろうか。分からない。

（だから、どういう理由で、お前はこの記事を拾ったのだ）

何となく、記事として面白い。

（何となく面白いということはないだろう。やはり、世の狂信的なマザー・テレサ信奉者、崇拝者に「それ見ろ」といいたいがためか）

しかし、マザー・テレサの「死の床」の状況がどうだったのか、本人はいないのだ。何とでもいえる。マザー・テレサの評判を貶めようと、この話を企んだかもしれないのだ。宗派の世界も深謀渦巻く恐ろしい世界だからな。何がその背景にあるのか、なぜまた、四年もたってから、こういうエピソードを暴露（?）、世に出そうと思ったのか。うかつには信じられない。

「あ、そう、そういうこともあったの?」としかいえない。つけ加えるなら、私は、マザー・テレサのファンでも何でもない。

しかし、そういうことを、今頃、持ち出すなんて、とんでもない神父だね。守秘義務なんて、ないのだろうか。

スター・バースト

星はいつでも誕生している。銀河の中心部では、大量の星が作られているという。スター・バースト、爆発的星生成と呼ぶのだそうである。

そう、いつでも誕生しているのだ。そして、いつでも終末は起こっている。それが宇宙の自然である。しかし、「それぞれの星団からは、最大百万個もの星が生まれている」、というのは、我々の脳ミソのレベルからすれば、凄まじい話である。

宇宙のロマンといえば、ロマンにもなるが、この中には人間のオリジンと思われる星もあるのだろう。

誕生して終末を迎える、これは実に美しいことなのだ。

現代に生きる人間、といっても、先進国文明人に限られることになるが、その現代文明人には分からないのだ。医療機器にすがってまでも生き長らえようとし、また、充分に歳を重ねてまでも、自分というものが分からない。

星を見よう。星を見れば、己の行く末にも光があることが分かる。

しかし、現代人は夜の明かりを得たが、星空を失ってしまった。

南の島に来なさい。南の島では降りそそぐほどの星空を見ることができる。

彼方にて　星命《いのち》起こりあり　光年の旅

雨……、そして、雨……

しかし、本当によく降る雨だ。

ざぁー……っ、ざぁざぁ……っ、バラバラバラ、ザァー……、バケツを引っくり返した、というか、桶を引っくり返した、というか、見事なほどに音を立てて降るのである。いや、よく降る。

台風の雨雲がね、動かないものだから、いくらでも降るのだ。

ザザァー……ッ、ザァ、ザァ、ザザァー……。

何だよ、これは。どこにそんなに水があるんだよ。争乱のアフガニスタンは旱魃で飲み水さえままならないっていうじゃないか。それが、一方では水害になるんじゃないか、ってほど降るからね。自然が偉大なのか、神が理不尽なのか、愚かなる人間の脳ミソでは、分からないことだらけだ。

アフガンの日々

いよいよ、来るところまで来てしまった。泥沼の報復戦になるか。テレビのワイドショーあるいはニュースショー、専門家、評論家、アナリストなど、入れ替わり立ち替わりで続々出てくるのだ。

曰く、「中東史がご専門の、イスラム文化にくわしい、イスラム原理主義を長年ご研究の、アフガン戦争取材のご経験のある、イスラエル大学で教鞭をとっておられた、現地のゲリラ戦に参加したことのある、中東の軍事情勢にくわしい、キリスト教とイスラム教の比較研究がご専門の、今話題のタリバンを翻訳された、ビンラディンをここ数年マーク、追跡されていたという、生物化学兵器にくわしい、テロ小説をお書きになった、ハリウッドのテロ映画にご出演の、ご自分でもテロをご計画なさったという、オウムのテロを予言なさった、ビンラディンとアサハラ・ショウコウの比較研究がご専門の……。まだある……。アフガニスタンなどで医療活動を続けている、東京でアフガニスタンの家庭料理のお店をお持ちの、アラブ人とご結婚の、イラブの近くに住んでいらっしゃる、など、など、など……。おーい、みんな、出番だぞ‼」。

＊

十月十日（二〇〇一年）のニュースで、国境なき医師団の医療グループが、アフガニスタンの医療状況を視察するため、現地に向かったとあった。難民キャンプ近くに診療所をつくり、医療活動を開始するという。ニュースの内容からすると、ＮＧＯ「ＰＳ会」のＮ医師らとの接触はないようで、独自の医療活動を展開するようである。

一方、ご存知、Ｎ医師らは、十年以上も前から、現地での医療活動を続けているというが、国境なき医師団、あるいは国連、日本政府などへの働きかけはやっていたのだろうか。

同時多発テロをきっかけに、アフガニスタンの国内状況を、我々一般の日本人もくわしく知るところとなったが、Ｎ医師のように、現地と日本を往復するような方は、いったい、どういう存在なのだろうか。「半月ごとに現地入りする予定だ」、と新聞記事にはあるが、おれの知る限り（テレビで）、テロ発生以来二回は往復しているんだよな。

別に皮肉るわけではないが、こういう方たちは、身の危険があれば、日本に戻って来られるわけだし、日本に戻れば温かい風呂で手足も伸ばすだろう、うまいものも食うだろう、現地でもある程度の整った環境で住居も確保されているのだろうか。よく分からないが、そういった現地の人間とは一線を画した外部から支援する立場の方たちが、「一人の餓死者も出さずに、冬を越したい」、という状況が、どうも、今ひとつ掴み難いのだ。

あぁ、まったく分からない。飢餓にあっても、なぜ、しっかりと子作りに励めるのだろうか。もう何年も飢えた状況が続いているというのに、痩せて悲惨な乳飲み児がいるのだろうか。それが人間というものだ、といってしまえばそれまでだが……。

＊

午前八時のフジテレビをビデオ録画セットする。

テロのニュースは、まるで連続ドラマのような感覚になってきて、次の情報を欲するというか、この安穏として、俗にいう能天気でヘイワな日本には久々の緊張感なのである。

欧米先進国の歴史のツケが、ここに来て、思わぬヴォリュームで回ってきた、というか、人間の増大したエゴが自業自得に追い込もうとしている、というか、それにしても、これは、とんでもない結末に至るかもしれない。

これは、即ち人間の業である。

喜納昌吉は、二十一世紀の元旦に「明けましして」ならぬ「閉めまして、おめでとう」と言った。戦争の世紀である二十世紀を人類が卒業する意味を込めて、「閉めまして」といったのだ。そして、ようやく人類は新しい世紀に入り新たな平和の世紀に向けて歩み始めたところだった。

その二十一世紀の初頭に、それも後半を過ぎたところで、愚かにもまた、戦争を始めてしまったのだ。

これは、即ち人間の業である。まだ、戦争から学び終わっていない、という天からの再試練の時を与えられたのだ。

個人の中に、怒りと喜び、平穏と騒乱があるように、人類という個性の中にも、まだ、狂気と平安が同時に存在するのだ。何千年という人類史の上で人間は飽きるほどに争いを繰り返してきた。しかし、まだ、飽き足らない。これは、人間の業である。地球が壊滅するまで、人間は戦争を重ね続けるだろう。戦争を、未だ解決に至らず。人類の悲しさよ。

*

野坂昭如の小説に『てろてろ』という傑作があった。

鬱屈した若かりし頃、「そうや、みんな、ぶっ壊してまえ」、という思いで面白く読んだ。学生運動華やかなりし頃、過激派学生は、なぜ、過激になり暴れたのか。理由は単純であろう。鬱屈していたから、女がいなかったから、金がなかったから、そうだから、世の中の歪みだの社会の矛盾だのを身にしみて感じ、「何でや」という思いから過激に走ったのである。

グローバリズムとかいう世界のアメリカ化の中で、貧しい者の鬱屈感が増強し、バカバカしいほどの豊かさが目に入るようになれば、やはり暴れたくなり、過激になるしかなかろう。

しかし、「たらふく食べられ、内外の脅威もなく生活できれば、テロに同調する人はいなくなる」、という発想も、これは貧しいね。つまり、これは相対的なことだからだ。テロはなくなるかもしれないが、形を変えた暴力が出てくるだろう。それは、日本でも見られるような、異常殺人、幼児虐待、過剰に保護された人間の甘え、増長した人間の増殖など、結局、本質的なことは変わらず、人間の愚かさが形を変え、世にはびこるのである。

＊

戦争が日常となった子供たちに笑顔はあるだろうか。

ある人は、たとえ荒れた地域であれ、夕日を背景に遊ぶ子供たちには、自然と親しむ楽しさがあるといい、また、ある人は、難民の子供たちの目には光がない、という。

しかし、これはどれも当たらない。食卓の満たされた人間に、死を逃れるために歩き続ける人々の何を語れるというのだろう。

たとえ戦いが日常であったとしても、子供たちには子供たちの密かな楽しみの時があるに違いない。それが子供というものだからだ。

世にある、当たらずとも遠からずの評論など何になる。

あぁ、分からない。こういう私も何も語る資格はない。

何もいうな。愚かなのが人間なのだ。愚かさの上に愚かさを重ね、この地上で最も愚かな生き物、それが人間なのだ。

神はどこにいて、何を裁こうとしているのか。わずかばかりの狂人がいれば、人間社会は、時を要することなく滅びに至る。

神は、人間をどこに連れて行こうとしているのか。

*

あぁ、マヒだ、麻痺。

わずかな微生物のために、大国アメリカ、ひいては進歩し続ける人間の文明が瀕死の状態であえいでいる。

何たるザマだ。

営々として築き上げてきたはずの人間の叡智が、一握りの狂人の暴発を止めることもできずにもがいている。

しかし、狂人といえども、まったくの突然変異で出現するわけではない。

それは、出現する必然があって出現してくるのだ。

美しさを思えば、そこに醜さが生まれる。

平和を語るところに戦争が出現する。

人間の歴史は、まったく不可思議な営みだった。

また元の無に帰するための歴史の構築だったとは。

*

しかし、炭疽だ、空爆だ、新たなテロだと、世界はどうなるのだろうかと、不安にならないこともないが、自分に限っていえば、事が起これば、なるようにしかならないし、万事を尽くせば、その時はその時だし、早い話が死ぬ時は死ねばいいと思う。が、しかし、問題は子供たちである。子供たちのことを思えば、やはり、揉め事は早く解決し、争いよりは音楽を楽しめる世の中がいいだろう。

しかし、また、楽しみすぎて浮かれた世になり、人間が怠惰になれば、どこかで緊張を要求するように、抑圧されたエネルギーが爆発するのである。

つまるところ、人間の社会というものが、そういったエネルギーの循環する場で成立している、ということなのだろう。

これを輪廻という。

あぁ、もう、やりたいようにやれ。おれは、もう、知らん。

何も意味はない。その時々の都合で、何かが起こるのである。勝手にやれ。じっとしておれないのが、人間という、この地上で最も愚かなる生物の営みである。徹底的に潰れるまでやるがよかろう。気がすむまでやらなければ、また、いつか、どこかで暴発するのである。「何かをしないではいられない症候群」が、人間の本来持っている性分なのである。何もしないではいられず、まったく他愛ない歴史を刻んで来たのである。

＊

カブール陥落、カンダハール制圧だのと、他人の国が戦火で荒廃していくのを、まるで戦国ドラマを見るように、興味本位になっていく。毎日トップ・ニュースで面白がって、タリバンだの、パシュトゥーン族がどうしたのと、テレビの向こうのコメンテイター共々、いっぱしのイスラム通になる。

現地取材の特派員も、さすがに、最近はバカバカしくなったのか、表情にマンネリの色が、明らかである。ただ、報じるだけの空しい戦火の取材……。

……、以上、ハセガワがお伝えしました。

＊

ラマダン（断食月）といったって、日没後は、普段より食って、たらふく飲むっていうんじゃないの？　人のやることだからね、単に慣習……と、ま、他宗教のことだ。深入りはやめよう。

＊

この報復攻撃というのも、長引くために長引かされているようでもあるし、どうも、こう、何というか、どこに正義があるのか、やはり、利権が絡んだり、どこかでとてつもない富とか利益を得て独占するのか山分けするのか、そういう輩がいることになるのだろうが、テレビゲームのように、スイッチのオン・オフをしっかりと握っているのだろう。

空漠のみぞ残る

アフガニスタン情勢も鎮火の方向に向かいつつあるようだ。といったところで、アフガニスタンに問題があったわけではなく、ビンラディン一派を追い込むために、アフガニスタンが舞台になっただけの話である。何の罪もない人たちまで犠牲になり、山地街は破壊され、と……、いや、これは別に私が現地で確認したわけではないが、テレビなどで報道されるところから推察するとそうなる。

人間のいらぬ愚かさから、いらぬドラマが生み出され、ああでもない、こうでもない、と、また、人間どもの愚かな論議が続くのである。

不毛の論議を繰り返し、生きている実感を持つのだろうが、しかし、不毛は不毛である。

さっぱり、すかっと、天然自然に終わることができないものだろうか。神は何を人間に学ばせようとしているのかね。

善を学ぶために、悪がなければならない。

平和を学ぶために、戦争がなければならない。

空しさを考えさせないために、忙しさが必要なのだろう。

空しさを悟らせないために、歴史が次々と変わっていくのだろう。

それで、そのアフガニスタンの復興費用の二〇パーセントを日本が負担することになり、その額が二四〇〇億円という。税の歳入が足りないといわれ、リストラだ何だと自殺に追い込まれる人が急増するご時世、アホな争いの後始末に二四〇〇億円。……しかし、某国首相の言うことには、「そんなことを言っていると国際社会についていけないよ」。

つまり、人間というのは、この地球という規模で存在するには、その数に自ずと限界があるのは当然だけど、現状ではその限界をはるかに超えてしまっているだろうから、もう取り返しのつかない、後戻りのできないところまで来てしまっているのだろう。爆発的な感染症とか、とてつもない自然災害の頻発とかが起こらないことには、というより、ここまで人間がのさばりはびこっていては、そういうことは当然起こるのだろうけど、やはり、神の裁きなくしては、この人間社会はどうしようもないだろう。

どこかでどかーんと天罰が降らないことには、人間は己の気づかない狂気の中で身動きがとれない状況に陥っているのではないだろうか。

「9・11」多発テロの影響

多発テロの影響をもろに受け、観光客が激減しているという。当地沖縄のことである。何とかしようと、国が対策を立て安全のアピールなど国家予算で講じてくれる、という大変ありがたい話である。

国土交通大臣が、わざわざ沖縄まで来訪され、自ら安全面また修学旅行キャンセルなど対応策を約束した。

米軍基地が集中する沖縄への特別な計らいだと思うが、しかし、少し虫のいい話ではないかと思うのだ。観光業界にとっては、死活問題とはいえ、不況に追い討ちをかけるような、テロに伴う経済的な打撃は何も沖縄に限ったことではない。全国の海外旅行を扱うようなツーリスト業者は軒並み大打撃なのだ。倒産したところもあるという。

「ちゅらさん」景気で、大いに賑わった時期もあったし、ここは我慢のしどころではないのか。いくら沖縄は安全です、と声を張り上げたところで、「世界の米軍施設は厳戒態勢」と続発するテロへの警戒を米国政府が発表するわけである。カデナという東洋最大の米軍基地を抱える沖縄への旅行を控えるのは普通の人の心理ではないのか。

生活は安全です、問題はありません、といったところで、問題はいつ何が起こるか分からない、という不安なんですよね。逆の立場だったら、やはり、躊躇するでしょう。他に観光地はいくらでもあるわけだし、何もわざわざ米軍基地の集中する沖縄を選ぶこともないだろう、と普通は考えますね。それが普通の心理です。

新婚旅行や修学旅行を沖縄に取られ、苦渋を味わうことになった地域も多いことだろうから、ここは、時により、物事いい時もあれば、悪い時もあるものだと、ま、こういうことを知るいい機会ではないでしょうか。

戦争と人間

写真展、「戦争と平和」。「戦争写真展」にした方がいいのでは、と思いたくなるほど平和の色がない。

「戦争を知らない世代に伝えなければならない」とは、全く難解なテーマである。それほど戦争を伝えたければ、戦争を始めるしかないだろう。

「戦争を知らない世代に伝える」などと、いかにも、これこそ真実だといわんばかりの、平和主義者の姿勢にはやるせない思いがする。

それほど大切な真実が戦争にあるのなら、実際に戦争を体験するしかない。戦争を見せなければ、あるいは、戦争を知らしめなければ「平和」を教えることができないなど、愚かで浅はかな発想である。それだからこそ、この地上から戦争がなくならないのだ。

戦争とは何か。人間はこの地上でいかなる存在か。

人間が一個のエゴを持っている限り、争いはなくならないだろう。争いとはエゴのぶつかり合いだから。そして、戦争とは、個人エゴの肥大増長した狂人エゴが起こすものである。

人間とは、何ぞや

つまり、私の中では、「人間とは何ぞや」「この地上で人間とは、どういう存在なのか」、というのが、ひとつのテーマとして絶えずある。

地球の王の如く君臨しているつもりの人間だが、やっていることといえば、むしろ害毒を振りまいているようなものだ。他の生物を絶滅に追いつめるほど、環境を破壊し、自分たちはといえば、絶えざる争い、狂気の社会、しかしまた、何を血迷ったのか、その挙げ句に「癒やし」などと戯言を抜かし、環境に依存するのだ。

私にいわせれば、「この愚かなるもの、人間」、となる。

麗しの沖縄文化論

「一九六〇年から那覇市辻で営業を続けているステーキハウスの草分け、ジャッキー・ステーキハウスが同市西町に移転する」、という。

これは、いかにも沖縄なのである。復帰前の旧《ふる》き良きアメリカン・オキナワの風景だろう。どこからか、三線《さんしん》（琉球三味線）が流れてきて、昔ながらの髪を結ったオバァの、「ハイ、ジミー、きょうも食べていかんかぁ」、といったハイ・トーンの声が聞こえてきそうだ。

基地だ何だ、という話は別にして、私は好きな時代だった。

何ともいいようのない混沌の美しさというか、猥雑な美というか、微妙で絶妙のコントラストの時代だったように思う。

アメリカン・オキナワであったから、沖縄的な物事が残されていたのではないだろうか。あのままヤマトであったら、というより、日本《ヤマト》文化の波に流されていたら、沖縄の文化と呼ばれていたものは、どうなっていたのか。こういうことは、何とも予測できないし、過去を振り返ることもできないが、アメリカ・沖縄と異文化すぎるゆえに、互いに距離を保ちながら、というより、アメリカが沖縄を相手にしなかった、というか、いつでもつかみ取ることができる小さなかわいい島ぐらいにしか考えていなかったのだろう。それゆえ、沖縄の文化は保存された。

先人の遺産

結局、どこまで自分のオリジナルとして発揮できるかだろう。もちろん、人間は一人で生きているわけではないし、周囲に何らかの感化を受けて生きているのだから、創作といったところで、それらの周囲環境がなければ、創作も成り立つわけではない。

ユーミンもサザン桑田もそれぞれのネタ本があり、他のミュージシャンなりミュージックにインスパイアされ、音が湧き出てくるかもしれないのだ。そして、また、それは風の音だったり、海の音だったりしてもいいわけだけど。

しかし、地元の民謡なり、古謡言葉なりを勝手にアレンジしたり、音に乗せたりするのは、少しずるいというか、これには著作権などないはずだから、虫のよすぎる話ではある。それでは、オリジナルの枯渇だよ。

今や、音の洪水、誰でも簡単に情報を得、気楽に楽器を持ち、何の遠慮もなく作曲と称したり、歌作りに励んだりできる時代だから、まったく爛熟の様相で音楽が生まれる。少しくらいの盗作まがいのことなど、いちいち構っていられない。何でもやれの時代なのだ。いや、何でもできる時代、といったほうがいいか。少し怖い気がする。早いもの勝ちというか……。

誰が作ったって、「ドレミ」の枠を超えることはできないのだ。

「たけしの誰でもピカソ」*

「スーパー・リアリズム」の巨匠登場。

水の流れ、卵の割れる瞬間などを写真に撮り、それをプロジェクターでキャンバスに拡大し、その写真を鉛筆でなぞり、下絵を描き、赤、黄、青の三色でほとんどを仕上げていくという。リアルだ。白を少し加えることもある。

本人は、「芸大とか美大を出ていれば、こういう絵は誰でも描けるんです。ただ、描かないだけでね、みんな個性を出そうとするんですよ。私の場合は個性を消して、こういうのを描いていたら、それが個性になっちゃった」、という。

「あぁ、そうなんですか。美大を出たら、誰でも描けるって、おっしゃいましたけど、クマさん、どうですか？……」

「うん、ま、おれは描きたくない！」

「そう、そう、そういうことですよ」

今は、空を描くことにこだわっている、という。空をリアルに描くことは、難しい、とか。

古典は、個性を消して、まず、譜面どおりに正確に謡うことから始まる。

＊「たけしの誰でもピカソ」は一九九七年から二〇〇九年に放映されたアートバラエティ番組。ビートたけしが司会し、クマさんこと篠原勝之がレギュラー出演していた。

松陰と遼太郎

松陰は歩いている。

松陰はさらに歩いて行く。

吉田松陰と高杉晋作を描いた『世に棲む日日』（文藝春秋）。司馬遼太郎が松陰の生涯を記すくだりで、象徴的に使う文章である。

この「歩く」ということは、司馬遼太郎がその作品群を残すにあたり、最もエネルギーを費やしたことではなかったかと思う。土地を歩き、話を聞き、史料をまとめ、その人物像をでき得る限り史実にふさわしくと考え、歩いた。

こういうことから推察すると、司馬遼太郎がやはり松陰的ではないかと思うのだ。幕末、明治維新と日本史の中で、最も激動と、ある意味では華やかであった時代を確かな形で残すべく、司馬遼太郎は取材と史料に費やした膨大な時間を歩き、その恐るべき作品群で表現したのである。

そして、司馬遼太郎は歴史家以上に歴史家である。

通史にとどまらず史蹟を歩き、想像し、残された手紙などを読みこなし、その行間の心情に心をめぐらし、声なき声を感じ取り、そして小説を形作っていく。しかし、小説はあくまでひとつの体裁で、これらの作品群は小説の形をとった人物論でもあるのだ。

『街道をゆく』……、人の歩いた跡には、やはり何かがある。人は何かを残していく。エネルギーあるいは思いの残滓のようなものを。

それは、人のいた場所ならどこでもそうだろうが、しかし、歩いている時の想いは、何か特別なものであるような気がするのだ。それだから先人の歩いた場所を道を歩く。

歩き、想い、記し、そして街道をゆく。

名文の系譜

「名文」など、いかにも手垢にまみれた古色といった感じがするが、しかし、名文は名文なのだ。

やはり永井荷風か。今のところ、これ以上の名文家は私の知識の範囲にはない。いま、こういったところで私の趣味に合ったというだけの話で、私に文章を批評する能力などあるわけがない。が、しかし、荷風の文章は目指すところではある。『ヨーロッパ退屈日記』とそのあとに続く伊丹十三の一連のエッセイ、これも忘れられない。最近では林望の文章が、伊丹を彷彿とさせるところがあり、好きな文章である。

林は言葉というものをよく知っている。家が何代か続いた江戸っ子で、江戸弁というか東京の標準語が身体にしみついている。言葉の違いをきちっと指摘できる。漱石も荷風も江戸っ子だが、林には似たような気風が感じられる。

野坂昭如も文章をよく知っている。古典に通じる日本文のリズムがある（こういったリズムは、そう簡単には身につかない。翻訳文に接すると、こういうリズムは身につかない。野坂は、いわゆる日本文に接する時間を多く持ったのだろう）。野坂昭如の文章も、私の名文の系譜に入る。好きな文章である。

あとは、丸谷才一あたりになるかなぁ……と生意気なことをいわせてもらった。

生きてきた結果としての死に様《よう》

イデオロギーや流行にはいっさい左右されず、自ら好みの世界だけに沈潜した荷風には孤高の気品があった。何よりも毅然とした端正な文章がよかった。荷風を好んで読むようになったのは、実は一冊の本がきっかけだった。野口冨士男「わが荷風」。もう何度読んだかわからない私にとってもっとも大事なほんである。

（川本三郎「私が出会った本」'90・11・22付琉球新報）

書棚を整理していたら、古い新聞切り抜きが出てきた。せっかく切り取っておいても、このように忘れ去られるような形で書棚の隅にはさまれていては切り取った意味がない。もうちょっと整理に心を配らなくてはならない。

荷風はいい。荷風の文章は、また読み直して参考にしたい。おそらく、私の読んできた中では最高の名文に位置するだろう。

しかし、二十六年前の切り抜きとは恐れ入った。自らの好みと思いのままに生きた荷風山人の生き方は私の理想である。人は死ぬのである。生きた結果としての死に様《よう》だ。本人がそれで良しと思えば、孤独死だろうがなんだろうがどうでもいいことである。

世論という名の「国民感情」

今や、国民感情なのである。国民感情という規律常識に絡め取られ、政治家やマスコミの人間がパネリストとなってテレビ討論（？）、いや発言番組の常連となっているが、全てが同じ意見なのである。異を唱えようものなら非国民だ。いや、本音はどうか知らないよ。知らないけど、ま、建て前としては国民感情を刺激しない良識を装い、右へならえなのである。

そういうつまらない常識を罵倒するくらいの、国民感情と対決するくらいの政治家がいてもいいけどね。なぜ、政治家の皆様は揃って国民世論の機嫌をとるのだろうか。それはもちろん、選挙に落ちたくないからだろうけど、一期で終わったっていいじゃないか。ケツまくっていいたいことをいえよ。

しかし、この政界の騒動は、江戸時代のお家騒動そのままなのである。どこの派閥が会合を持っただの、幹部同士が接触しただの、どこそこの料亭に誰と誰が入って行っただのと、だから、何なんだ。井戸端会議と何ら変わらない世の大事ならぬ、てめぇらの大事ばかりを大騒ぎしやがって。マスコミもそんなものは隅の記事にでもしとけばいいんだよ。

ゴシップネタ

要するに、週刊誌の売り上げを伸ばさんがために、ゴシップネタを探し、いかにも自分たちは正義の使者のような面をして、次々と暴露記事を書く。しかし、そういう記事に、政治家がいちいち釈明会見をする必要があるのだろうか、と私も思っていた。いわれた本人としては「いったい誰が、どこで、そういうことを話しているんですか？」とは、当然なるだろう。政治家のM氏がこういう逃げ方をしたわけだが、K氏にしてもまったく似たようなケースだから、ふてぶてしくM氏同様にかわしてもよかったのだろう。それを、なぜしなかったのか。そういう知恵が思いつかなかったこと、市民派、良識派、無党派というような政治活動の出発のイメージがあり、釈明会見を持たざるを得ない状況にあったことが、K氏の不運であった。

しかし、「自分だけではない」、と開き直り、他にも多数いるであろう同類の議員を巻き込み、国会を潰すくらいの覚悟があっても面白かったのでは、と破滅派の「おれ」としては思うんだよね。

氷山の一角と明白に分かっていながら、そしてまた、その氷山の海面下を摘発できる状況にありながら、目障りな人間だけを寄ってたかって潰してしまおうという、腐った権力の構造、いったい、誰が操作しているのだろうか。

いわゆる内部告発がなければ、情報は洩れないわけである。そして、情報のやりとりには当然金が動くだろう。情報を売りに行く人間が先か、情報を嗅ぎつけ買いに行くマスメディアの記者が先か。ま、これは、どちらかしかないわけで、だから、つまるところは書く側の器量というか、記者のセンスというか、出版社の品格というかポリシーというか、ということになるわけだよな。興味本位のマガジンを売らんがためのスクープ合戦も読者が識見を持って接するようにしなければ、のぞき趣味の他人のプライバシー荒らしばかりがはびこり、人間社会は落ちるところまで落ちるしかない。

これは、拙著『日日是生死—日日是笑止』にも書いたことだが、人間の行動というのは「のぞき」に集約されるということである。雑誌、写真、映画、テレビなど、これらは全て「のぞき」のバリエーションなのだ。テレビコメンテーターのゴシップ話題を語ったあとの、あの意味ありげな含み笑いとか、いかにも自分は常識人で、こんな理不尽で非常識なことはやりません、といった厚顔な醜さ、もうみんな止めたらどうだろうか。

地方の悪あがき

地方にいると中央がよく見えるというが、その逆もまたいえるのである。地方人がよく使う言葉に「発信」がある。しかし、当人たちは発信したつもりでも、届いていない時もよくあるわけで、つまり、地方は常に悪あがきを続けていることにはならないだろうか。

「発信」と特別に取り繕うのではない。「中央に向けて発信するものはない、来たかったら勝手に来い」、といった都会に媚びない地方があってもいいように思うのだが。

雑文の日々

大したことは書いていない。およそ中身のない駄文の連続である。まったく意味がない。しかし、書き出すと書かずにいられなくなる。これを性癖という。出てくるままに書きなぐってみよう。何するわけでもない。これは修行なのだ。他人を意識したり、何か完成品でも想像するから新鮮さがなくなるのである。ポッと脳ミソの一部にスイッチが入る。そうすると駄文が紡がれていく。それが印刷され形を整えると、手にとり、目を通す人がいる。

ありがたいことだが、ホンマにこんなの読む人おるんかいな。

田舎にいると、ものぐさがこうじて地元（島）を離れ、出かけるのが面倒になる。ごくたまに東京に出てみると、年に数回ぐらいは東京もいいもんだと思う。やはり、物が揃っているのは魅力である。

そうなると、また、昔の生活が懐かしく蘇ってくるのだ。まったくフリーな生活。自由きまま。本屋、映画館、名画座めぐり。散策も自由。読書も好き放題、思索に費やす時間もたっぷりとある。週末は競馬。大穴も結構当てたものだ。友人に「お前は競馬で食っていけるな」といわれたこともある。まったく夢のような生活だった。

また、そういう時を六十代には持とうと思っている。

月刊誌『新潮45』に連載（'98－'99）されている野坂昭如の「妄想老人日記」が面白い。歳をとるということが、新鮮な初体験の連続だから面白くならないわけがない。破れかぶれの妄想に溺れたくなるのも分かる。我ら「妄想族」。これ、テレビからの受け売り。

名作執筆の陰に麻薬あり

「研究チームはシェークスピアが麻薬と何らかの接点があった可能性があるとみており、作品の文章に幻覚性の物質の使用か、少なくとも幻覚作用の知識と関連する部分があると指摘……」と新聞にある（'01・3・2付沖縄タイムス）。

シェークスピア使用のパイプの破片から、コカインを吸ったと思われる成分が検出されたそうな。……しかしね、君、創造性を追究して脳細胞をいろいろ刺激していたら、ドラッグなんてなくたって飛んでいけるのだぜ、人間は。そういうふうに楽しくできているんだよ。

おれなんか、しょっちゅう飛んでいるけどね。

脳内麻薬といわれるエンドルフィンだけじゃなく、脳内ナチュラル大麻だって、ちゃんと脳の中には用意されているのである。

脳即ち大宇宙なのだからね。まだ開発されていないというか、未だに解明されていないだけでね、脳には人間が驚くようなドラッグ作用の物質を分泌するところがあるんだよ。そういうものを古今の達人たちは行《ぎょう》で開発していたって知ってた？

シェークスピアがドラッグを使っていたかどうかなんて大した問題じゃない。

二十一世紀最大のＫＯ劇

二〇〇一年三月十七日、Ｋ‐１、レ・バンナVSベルナルドの一戦は想像するだけで恐ろしい試合になるような気がするが、どうだろうか。まさに豪腕同士の対決、恐らく１ラウンドＫＯの決着だろう。いや、それともお互い様子窺いの静観、にらみ合いのまま試合は終わることになるかもしれない。パンチの強さは互いに納得しているだろう。当たれば破壊されるのは充分予想されることだ。ドローの約束など、よもやなされているのではあるまいな、などと不埒な考えも脳裏をかすめる。本気で打ち合えば、いやいや打ち合いなどはない。どっちが勝つにしてもワンパンチ・KOだ。冷静なベルナルドの勝ちと予想しておこう。

＊

注目の一戦は、ベルナルドの鮮やかなKO勝ちと思いきや、1ラウンド終了のゴングが聞こえず無効試合となった。あまりの歓声の大きさ。鳴らされるゴングと鳴らす人間以外、レフリーも試合する格闘者もテレビアナウンサーも解説者も、1ラウンド三分が終了したことを知らなかった。

KOパンチがゴング終了後だったということで、無効試合となったのである。

しかし、すごい試合ではあった。お互い、一歩も逃げる気配がなく真っ向勝負、倒すか倒されるかという気迫が激しく伝わり、一秒たりとも目の離せない凝縮された三分数秒だった。

さだまさしコンサートのあとで

ミュージシャンはいいよな、と思わず羨ましげな言葉を洩らしてしまった。しかし、考えてみると、コンサート・ツアーなどといったところで、旅から旅の旅芸人なのである。

年間一〇〇ヶ所ものコンサートを開くという。三日に一ヶ所回っていることになる。三月にツアーを終わると、四月から一ヶ月の休みに入るのだそうだ。「まさにこの一ヶ月は命の洗濯、ほっとする」と、さだ氏はしみじみと言っていた。

これは、やはり、いい音にこだわり、コンサート機材など一緒に旅していたら、引っ越し並みの大移動だし、大世帯になればスタッフ共々旅することになるから、大事ではある。チケットがいつも順調にいくわけではないのだから、厳しい仕事の現場にもなるのだろう。

ピアニストみたいに「ピアノ用意しておいてくれ」というだけで、何も持たず、たとえば、バッグひとつでといったツアーもできないことではない。生ギター一本の旅なんてのも、もちろんできる。

しかし、さだ企画という自分の事務所を抱え、スタッフに給料を出し経営を維持するといった音楽ビジネスになると、それ相当の年間収益を上げなきゃならないだろうし、そうなると、これは、もう、ツアーとは半分ビジネスだろうね。「ギターを持った渡り鳥」ならぬ「譜面をバッグのビジネスマン」だろうね。それだから、ツアーを終えると、ホッとして「命の洗濯」をしたくなるのだろう。

夢と癒やしのミュージシャンも大変だなぁ。身を削って人を癒やしたあと、自分も「命の洗濯」をしなけりゃならないのだから。

さださん、来年もぜひ宮古公演お願いします。打ち上げでオトーリの無理強いはしませんから。

しかし、あれ以来、とんとご無沙汰だよな。宮古は飛び越して石垣に行っちゃうんだもんな。やっぱり、オトーリの無理強いがよくなかったんだよな。二日酔いで飛行機の移動はつらいものな。……え？　「オトーリ」を知らないの？　オトーリも今や全国区なんだけどね。説明するのも何だから、インターネットか何かで調べてね。

早朝、ラジオを聴く

眠気覚ましに寝床でラジオを聴く。

「医者は医療に関してはプロかもしれないけど、会話に関してはアマチュアですね。……告知にしても、何かにくるんで相手を傷つけないように話す会話の術というのがないですよね。ストレートすぎます。医療に取り組む前に、文学とか哲学、音楽にしても、生活を豊かに楽しむような人間になってほしいですね。看護婦にしてもそうです。ナイチンゲール賞なんていりません（笑い）。もっと会話とか、人に接する術を身につけたほうがいいですよ（笑い）」

よく笑い、明瞭に発言する。

「永さんは、どういうお医者さんがいいですか？」

「暇な医者がいい（笑い）、患者がいっぱいいる医者はダメ！」

「……混んでる医者はダメですか？」

「ダメ！　ろくな医者はいない（笑い）。ラーメン屋だったら並んでいるところにボクも行くけど、並んでいる医者はダメ（笑い）、会話もできない。検査データばかり見て、はい、クスリなんて、とんでもない医者だね。野坂昭如が医者に行ったら、血液検査のデータを見て、これじゃとっくに死んでいるって。本人は目の前に生きているのにね、データじゃ死んでるって。こんな医者、ろくな医者じゃない（笑い）。医者もうんと遊んで、遊び心をもって患者に接しなきゃ」（'02・4・17TBSラジオ）

と、面白い視点ではあるけれど、いや、確かに遊び心は必要だろう。

だから、私がよくいうように、「さんま、タモリ、たけし」といったキャラクターを持った人間が医者をやったら面白いだろうな、と。

しかし、この人気お笑い芸人の域に達するまで遊び心というか笑いの心を磨くと、今度は逆に、医学的な技量とか知識はおろそかになると思うのだ。遊び心とか笑いの技量と、トップ・クラスの医者としての技量を持ち合わせている人がいたら、これは超人だね。ドラマの主人公だよ。

確かに、笑いと会話で病人は良くなると思うんだよ。慢性疾患に限ってはね。

しかし、遊び心とか会話の術とかを追究するようになると、医療そのものがバカバカしくなるのではないだろうか。生きていくうえでのフィールドが違ってくると思う。

遊び心たっぷりの医者のところには、やはり遊び心を分かった、死をも蹴飛ばすような人が集まるだろうし、検査漬けクスリ漬けの最新の医療現場には、すがれば何とか生き延びることができるかもしれない、といったような医療幻想にとらわれた人が集まるのである。

究極の遊び心を持った人間というのは病をさえも遊びと捉え、医者になどかからず、逝く時はストンと逝くと思うのだ。

どうにも分からない世間の事情

はいはい……懇親会ね……向いてないね、向いてない。こういうものにはまったく向いてない。……うん、おれほど懇親会の似合わない男もいないだろう。

いやはや、小学生のクラブ活動に「父母の会」ってのがあるとは知らなかった。なになに……「父母の会」第一回総会、と……いや、これはまた面倒くさいのがあるんだねぇ。役員選出、会のあとに懇親会とある。まともにつき合えば、卒業まであと四年もあるんだぞ、おい。

さらに、月一回の定期会合、新年会、忘年会、夏には浜辺でバーベキュー、いや、すごいね、好きな人は好きだからね。まったくうるさいんだよね、これが。

いや、おれには向いてない。はっきりとごめんこうむりたい。余計なことだよな。学校でのことは学校で教師と子供で完結すればいいんだろう。どうせまた世話好きのお節介焼きのうるさい人間がいて、あれこれ行事を考えるんだよな。「何かしないではいられない症候群」とおれがいつもいっているように、ホントに忙しい世間だことよな。

「去る人を追わず、来る者は拒む人」、これは厭人病で、私などこれに近い。

（山田風太郎『半身棺桶』徳間書店）

石垣島から客人来訪

風があり、飛行機が揺れたとのこと。

「こういう時は、石垣空港は怖いでしょう?」

「あぁ、怖いですねえ。この間なんか、一回タッチ&ゴーがありましたよ」

「滑走路が短いから、離着陸に余裕がないからね……しかし、新石垣空港はなかなか進まないねえ」

「ええ、まったくまとまらないですねえ。大浜市長も、宮古はいいなぁといっていたそうですよ」

この後、沖縄の変わりようの話をした。コザも廃れ、名護も廃れ、国際通りも、そのうち新都心地区に客足をとられ、やがては廃墟のストリートになりかねない、と二人で嘆いた。

街づくりとか、どこか間違っていると違うか。人が増えるわけじゃなし、アミューズメント・スポットを競って造ったところで、移動する人間は限られているんだよ。

客の取り合い、奪い合いになるしかないだろう。聞くところによると、天久《あめく》新都心（那覇）に、映画館が九個も並んだ場所があるらしいが、赤字になるのは確実じゃないのかい？　ええ？　大丈夫？　アンタ、関係者なの？　ま、いい。最初は物珍しさで、どっと押し寄せるでしょう。問題はそのあとだよな。同じようなペースで人が集まるとも思えない。新都心に客を取られた分、北谷《ちゃたん》美浜《みはま》はこの世の春に別れを告げ、閑古鳥の季節ということにはなっていないのかね。そういった何の定見もない、新しさだけが売り物の開発事業で景気は一時的に潤うかもしれないが、地域は大丈夫だろうか。その場しのぎの街づくりを繰り返し、やがて気づいた時には、故郷は跡形もなく消えてしまっていた、ということになっていなければいいけどね。

※本文執筆時二〇〇二年十月八日。新石垣空港は二〇一三年三月七日に開港した。

どうにも分からない世間の事情・2

島が既に「癒やしの島」といわれている。しかし、その「癒やしの島」で、また、癒やしの場所を造りたい人たちがいる。そのために雑木林を切り開いて、お決まりの「癒やしの公園」を作ろうという。アスファルトで固めた専用の駐車場つきというんだよな。しかし、それでどういう人たちが利用するのだろう。

大体ですよ、こういうのんびりした田舎でですね、普段農作業に忙しい方たちが、わざわざ「癒やしの公園」を利用するのだろうか。自宅でくつろいでいるほうが余程いいと思うのだ。

夏の夜、いちばん利用してほしくない島の青年たちが酒盛りをして、残ったゴミはそのまま、酒の空き瓶は放りっぱなし、タバコの吸い殻は捨て放題、結局はそうなるのである。

何もしないほうが世間のためになるしょうもない政治家どもが、業績という公害の羅列のために土地の有効利用などという愚かなことを考える。その結果、造らなくてもいい、誰も利用しない公園を作るのである。次の選挙のポイントになるからね。そして、また、一段落すると、さぁ、とやる気を発揮し、公共工事税金ばらまきの新たなアイデアがひらめき、またまた別の雑木林森林などを利用して新しい公園を考えるんだよな。すごいねェ、行動力と実行力の人だね、次の選挙も当選だね。……あきまへん、もう、ダメ……。

またまた、どうにも分からない世間の事情

最近のゴミ事情。当地のゴールデン・ウィークの過ごし方。

連休が終わり、行楽地にはゴミの山が残った。

……ぅん……もう、ね、毎度お馴染みの光景だけど……もう、溜め息をつくしかないね。……どうしようもない。こんなんじゃ、人間は存続する資格はない。……ゴミ袋の山。袋に入れて一ヶ所に集めれば、遊びの後始末はしたつもりなんだろう。家に持って帰りなさいよ。野良犬が臭いを嗅ぎつけ集まってくる。袋を突っつき残飯を食

い散らかし、他のゴミまではみ出し、風でも吹けば、はい、ゴミはきれいに片付きますね。そうか、それで皆さん、ゴミは持って帰らないのですね。

まったく、空しくなるね。しかし、人間は、環境を汚し、他の動植物の方々に迷惑をかけてまでも、自分たちの行楽を過ごしたいのだろうか。人が行くから、何か仲間はずれにでもなったような心持ちになり、同じ場所を求め、似たような行動に走り、共有の安心を得て、ゴミの山を残して帰る。きょうは楽しかったね。……もう、どうしようもないね。

当地無料の海水浴場。暑い季節、週末の夜ともなると、バーベキューだ花火だ酒盛りだとうじゃうじゃと集まって、うるさいことこの上ない。他人が行くから、女がいるから、男がいるから、仕切りたいから、とにかく共有の安心を得るため、仲間はずれにならないために集合する。

精神の自立していない人間どもは、いつか破滅の道を歩むことになるだろう。

なぜ、山に登るのか

近年、エベレストのゴミが問題になっているという。登山者が荷物を軽くするために、使い捨て品のゴミが時を経るにつれ目立ち始め、問題になっているのだ。アルピニストと呼ばれる登山者のモラルが低下したわけではないと思う。積もり積もったゴミが目立ち始めただけなのだ。

そして、また、そのゴミによる環境汚染を憂慮してゴミを拾い集め、山を清掃する人間が出てきた。

しかし、人間はなぜ山に登るのか。「そこに山があるから」などと、悠長なことをいっている場合ではない。そういった人間も、きっと身を軽くするために、いらなくなった物を捨てたに違いないのだ。なぜなら、それが登山の常道だったであろうから。自分たちの達成感と解放の喜びのために山に登る。ということも、この時代にきてはまったくの人間のエゴでしかない。

富士山の山頂でいちばん多いゴミはたばこだそうである。先進国でこれだけたばこを吸う国も珍しい、とか。

さらに、どうにも分からない世間の変わりよう

車二台壊される。

小学校の校内で、校外指導用に使われるワゴン車の後部ガラスやナンバープレートなどが破損されているのを、ラジオ体操指導で学校に来ていた職員が見つけた。両車両はＰＴＡの父母から寄贈された車で、学校関係者をがっかりさせている。

（'01・8・8付宮古毎日新聞）


「ここまでやったら、ほんまに末法の世やなあ。お釈迦様のゆうたとおりや。……いや、こりゃ、ひどいわ。車のガラスまで割られたらどうしようもないわな。最近は、防犯用の窓のサッシも外すんか壊すんか知らんが、何の防御にもならんゆうしな。ドアの鍵はピッキングで簡単に開けてしまうゆうやないかい。

もう、こない無茶苦茶な奴らどないかならんのか。

要するにゃ、留守にしたら泥棒に入られる思うたらええんやな。……ええんやなて、お前、悠長にゆうてる場合か。いやな世の中や。昔はな、泥棒にも盗人にも礼儀仁義っちゅうもんがあったんや。ガラスを割ってまでもは入らん。年寄りの家は狙わん。人を殺してまでもは盗まん。要するに、空き巣狙いが原則や、な、ところがや、日本の盗人のそういう暗黙のルールっちゅうんが崩れてきとんのや。こりゃ、ほんま、恐ろしいことやでえ。文化に関わることやからな。何でこないなったんか。金さえ取ればええ、邪魔になったら殺《や》ってまえちゅうエゲツナい手口が日本の盗人にも蔓延してきとるんや。娑婆荒らしされとるわけやから、対抗せなあかんやろ。日本には、ねずみ小僧次郎吉の伝統ゆうもんがあるんやから、仁義礼儀に習った盗みいせなあアカンのやけどなあ、世も末やなあ。

しゃあないがな、大事なものは置かんと、鍵も掛けんと、誰でも気軽に入れるような家にしときゃええんや」

以上、この道四十年、礼儀仁義を貫き作法に則り、泥棒稼業を営んでいらっしゃるマウス太郎さんにお話を伺いました。

次は住宅情報です。

「我が家は鍵はかけておりません。どうぞ、ご自由にお入りください。休みたい方、トイレご利用の方、のどの渇いた方、家の中の物はご自由にご利用ください。ただし、金目の物は一切置いてありませんのでご了解ください。最後に、一言申し添えますが、留守のようでいて、家のどこかに、当家の主人が潜んでいることがあります。常に、日本刀、ヌンチャクを忍ばせ、不審な者を見つけ次第、獰猛《どうもう》に襲ってきますのでご容赦ください。半殺しの目に遭うのは確実です。先日も叩きのめされ、路上に放り出され、救急車の世話になった方がいましたので、以上、ご理解のうえ、当家をご利用ください。家主」

我が家は要所要所に、木刀、竹刀、棍棒などを忍ばせてある。一撃のもとに打ちのめす訓練も常にやっている。狙いどころを外すことは、まずない。一発である。

しかし、おれも根は獰猛だね。……どうも……。それでなければサンドバッグ打ちなんてやるか。居合の稽古も欠かさない。一刀のもとに切り捨てる。

憂き世の風

昔は流行性感冒なんて言いましてな、インフルエンザなんて言い方はしなかった。自宅で母親の作ったリンゴ汁なんか啜って、熱に浮かされながら寝ていましたよ。「今年の流行は吐いて下すようだ」なんて時もありましたから、あれは今でいやぁ、ノロウイルスだったんでしょうなぁ。しかし、格段心配するような親はいなかったし、どこそこで死人が出たなんて話も聞いたことがなかった。年寄りは基本的に元気だった。元気でない年寄りは長居せずに旅立っていたから、介護なんて厄介至極なものはなかったし、地域は貧しいながらも元気だったね。

インフルエンザウイルスも当然存在はしていたんだろうけど、証明されていたのかどうだったのか。一般に知れ渡るほど説明はされていなかった。

それにしても、今の子供は弱くなったね。親がすぐに医者に連れて行くからね。すぐにクスリ出されて、自分で良くなろうという抵抗力もつかないまま育てられるものだから、こりゃ、ダメだね。

今の子供はミカンを食べないね。おれたちの頃は、手がミカン色に黄色くなるまで食べたものですよ。ま、他に食べるものもなかった時代だから。寒い時期のミカンは風邪の予防に最適ですよ。抵抗力をつけるんですよ。ビタミンCだけじゃない。何か他に予防の成分があると思いますよ。

そういう自然の予防法まで失くしてしまったからね。それに今の子供はキビも齧《かじ》らないしね。軟らかいものばかりで物を噛むということを忘れてしまった。どうなるんでしょうかねぇ。この先の日本、心配だねぇ。

みんな甘やかされてね、老人までも甘やかされ、周囲がサービス過剰になるものだから、自分でできることも自分でやろうとしない。老人施設の光景なんて悲惨だね。こう、昔ながらの毅然とした威厳のある老人がいなくなったね。

結局、社会が老人を育てるんですよ。社会が過保護になり、過剰なサービスをこれでもかと考え出すものだから、威厳のある老人が育たなくなったんですよ。「老人が生きがいを持って生活できる社会」とかね。役所も政治家も耳に心地よいスローガンばかり掲げるものだから、自分のことを自分で始末することを忘れ、自分の立ち位置、振る舞いを忘れ、わけが分からなくなる。これが呆けの始まりです。

何十年も生きてきた老人の生きがいを、二十、三十、四十かそこらの年代の者に考え出せるものですか。冗談じゃあない。そういう発想そのものが社会の体たらくをもたらすんですよ。人は他人に対し、必要最小限度のサポートしかしちゃいけないんですよ。選択するのは本人なんです。それを、こうしたらもっと喜ぶだろう。ああしたらもっと楽しいに違いないと、余計なお節介ばかり考え出すものだから、それに甘えて自ら立つことを放棄するようになる。甘えだね、甘えばかりがはびこって、医療も介護も過剰。子供から老人までわがまま。もう日本はダメだね。

ダメ駄目いうなって？　いや、現実だから仕様がないよ。


政治家も保身ばかりを考え、今を何とかしのげればいい。この結構な待遇の議員生活にへばりついていたい。そういう考えの議員ばかりだね。もうどうにかなってほしいね。お家の一大事。未だに幕藩体制だよ。「我が党結党以来の危機」だと、だから何⁉　てめえの党なんてどうなってても構わんだろう。そんなこと、テレビのマイクに向かっていうことか。てめえの寝言でいってくれ。あぁ、バカだ。

ポッポ・ボンボンが、またぞろ、バカッ面下げて、やたら表に出てくるようになったが、厚顔無恥というか何というのか、「これからも、普天間基地には命がけで取り組む」と総理退任時に豪語（?）しておきながら、現場を離れれば、「そんなこと言ったことあったっけ」と能天気の様子。実力者を気取り、やれ某某《ぼうぼう》と鮨屋で会食しただの、やれ調整に回っただのと、トロを食いながら徒労の夜は更けゆくか。

私もニンゲンです

駄文を紡ぐ。紡ぎ続ける駄文。今昔の感否めず。すこぶる快適な日常なり。

この文章は正しいですか？　分かりません。

しかし、記憶というのは怖いものだ。いや、そうではない。記憶に翻弄される自分が怖いのだろう。いや、それもまた、おかしい。怖いとかそういうものではなく、要するに、思い出そうとする過程で、ポッカリと抜け落ちた自分の脳ミソに情けなくなる。

ぽっと、「翻弄」という漢字はどう書いたっけ、と辞書に手を伸ばすと、テレビ画面に「……翻弄される外務省」の文字が躍る。当節、話題のS国会議員と私設秘書の外務省に圧力のどうのと賑やかなようだ。

国会議員のくだらない日常政治活動など何の興味もない。勝手な都合で国を壊している連中だろう。片付くものは、さっささと片付いてしまい、世の中がゆるゆると静かになればいい。

あぁ、バカな人間どもよ、愚かなることは早く終わりにすることだ。……と、言ったところで、お前も人間やろ。自分だけ何のつもりや。

あぁ、そうやった。すっかり忘れてた。おれも人間やった。……そうそう、おれも立派な人間やな……呆れるほどに人間やった。これからも人間でいるしかない。どこにどう隠れても、どう姿を変えようとも人間から逃れられない。あぁ〜あ、人間なんだよな。地球で生き続ける人間だ。この環境の中でしか息をできない人間なんや。どないする？　お前、人間やでえ。これからも、死ぬまで人間でいるしかないんやでえ。情けない話や。

他の生物の方々に会った時、どう姿を変えようとも「お前、ニンゲンだろう」と冷ややかな顔で問い詰められるように言われるだろう。

「ニンゲンじゃぁな、どうしようもないよなぁ……それで何しに来たの？　今、地球環境会議をやっているんだけど、アンタたちには出てほしくないわけよ。ま、声をかけてもいないけど……何でまた、アンタ妙な格好して、何のつもりなの？　この辺、アンタみたいなニンゲンのうろつくところではないよ。もう、ニンゲンの時代も終わりに近づいているんだよ。もう出番はないよ。我々は新しい時代のために集まっているわけよね。ニンゲンを除いた他の生物で、新しい時代こそ環境を考え、お互いのポジションをしっかりと見定めて、奪い合いのない、爽やかな時代を創ろうと話し合っているところなのだよね。話し合いといってもね、確かに今までどおりのことなんだよ。ニンゲンだけがこの世界をおかしくしていたからね。ニンゲンだけいなくなってくれれば、万事うまくいくように、なっているわけさぁね」

いや、これは、また、「……わけさぁね」って何か格好いいねえ。新しい響きだね。

……いや、おめでとう。

いくら人間だって、そういつまでも栄えることもあるまい。まあ気を永く猫の時節を待つのがよかろう。

元来人間というものは自己の力量に慢じてみんな増長している。少し人間より強いものが出て来て窘《いじ》めてやらなくてはこの先どこまで増長するか分からない。

（夏目漱石『吾輩は猫である』）

生成流転

眠れないまま悶々とするより、起きてペンをとろう、と寝所に座す。

世界はカオス、そしてカオスのまま流れていく。これ以上でもこれ以下でもない。ただ流れていく。真実はあり。真実はない。無より有を生じ、また無に帰っていく。豊かさの中に純朴さはない。貧しさの中に純朴さはある。

しかし、純朴さは豊かさを求める時の流れの中で消えていく。これは誰にも止めることはできない。

世界は変わる。世界は変転し続けていく。一瞬たりとも同じところにとどまることはない。変わる。変わりゆくことは悲しみを生む。そして、消えゆくことは悲しみだ。

自分が消えてゆくことではない。自分の目に映る周りが変わっていくことが悲しいのだ。

なぜだろう。

変わっていくことの中に別れがあるから悲しいのだ。

人は逝く。しばしの間の地球での滞在。

逝く時がくれば、風のように去って行こう。

思想への望郷

「よど号犯人が逮捕覚悟帰国へ……」とある（'02・7・19付沖縄タイムス）。

革命とかを、本気で考えた「時代の落とし子」……か。

どう言い訳を用意しようと、故郷の山河が恋しくなったのだろう。たとえ、逮捕という事態になろうとも、故郷の空気を吸ってみたい、という老いたる心境になってきたのだろう。

人間というのは、愚かしくも他愛ない存在だ。己の心に振り回され、本当の己を知らないまま死んでいく。一時の世迷い言を大層な思想と錯覚し、しかし、心がころころと変われば、また、大層な思想も容易に捨てられるのだ。腹が空けば思想もない。いくら国家を考えようとも、小便は我慢できないだろう。二日酔いでゲロを吐き、頭痛に激しく襲われる時、愛しい恋人を考えていられるか。生きている以上は、呆気なくも、生理に左右されるのが人間というものだ。

私の「老いの流儀」

吉本隆明の『老いの流儀』（日本放送出版協会）を読む。

……そこに入ると希望もへちまもねぇんだ。誰が親切にしてくれるんだ。もう身体が不自由になり、病気になって死ぬことしか残っていないんだ、と落ち込んでしまう。これは若い時はぜんぜん感じないわけですけど、歳をとってくると、しばしば、そういう軌道に入ってしまうんですね。

（吉本隆明『老いの流儀』）

なぁんだ、そういうことか。と、すると、思想界の巨人もただの老いぼれになっちまうってことだな。

老いて、気力も体力も萎えてくれば、思想も何もない。ただ適切な介護が必要になる。これも人間の都合である。これを、また、あたり前に思う空しさよ、か。

吉本も新たな境地に入り、「老い」という新しい体験をしているようだ。恐らくもう新しい発想なり思索を生み出すということは、今の状態、つまりは、老いぼれた状態からはできないということを自覚しているのではないだろうか。

「老い」という不自由さを骨身にしみて感じているに違いない。だから、インタビュー構成という形になるのだろう。

その頃、吉本さんは西伊豆の海で遊泳中に溺れた事故の後遺症で足腰が弱り、

「自我流のリハビリ」に取り組まれていた。「いずれ自我流のリハビリを極めることができれば、ぜひ『老体論』としてまとめてみたい」。吉本さんはインタビューを終えて、しきりにそうおっしゃった。

（構成者後記）

吉本隆明、大正十四年生まれ、八十一歳。私が暮らしていた千駄木のアパートの裏側に、といってもこっちが裏側かもしれないが、その方向に吉本の自宅があり、買い物をする姿をよく見かけたものだ。もう三十年も前になるから、五十歳前後の氏の姿を見かけていたことになる（本文執筆時二〇〇二年）。

結局、人間はとんでもない世界をつくりつつあるんだよな。高齢化社会というのは、これは解決の糸口が掴めるようで掴めない、八方塞がりの袋小路、いつかどこかでパチンと弾け、本来の人間に戻るバブルの世界なのだ。老人が老人に気づくことしか他に道はない。

世界は不条理なままで世界である。不条理でなければ世界は成立しない。深く知った時、それを手放さなければならなくなる。

平和というのは束の間の現象である。戦いを起こすのが人間である。

私の「老いの流儀」――

「……だからね、老人の身体というのは、いろんな意味で歳を重ねるごとに死の準備をしていくんですよ。身体の機能が落ちて食べられなくなれば、三日で逝きますよ。何もしなければ、それこそ、身体が枯れて眠るように逝きますよ。ところがね、やれ点滴だ何だと医療的な手を尽くすものだから、頃合い、タイミングを逃して、ぐちゃぐちゃになってしまう。もういつ死んでいいんだか分からなくなってしまう。これはね、解決策はないんですよ。ただひとつ、自分が覚悟を決めること以外にはね。自分で潔く覚悟を決めればいいんですよ。自分でこういうふうに死んでいくと思っていれば、そうなりますよ」

……人間の生涯で大切なことは二つしかない。ひとつは老人を経済的に安定させて、少なくとも世話をしてくれる人を雇えるくらいの余裕を持たせる。もうひとつは妊娠した女の人に十分な休暇と給料を与えて、十分な子育てができる。この二つが実現できたら歴史は終わり。あとはたいしたことはないし、「どうでもいいよ」ということになると思います。

（吉本隆明『老いの流儀』）

なるほど、確かに、誕生と終末、人生の一大事はこの二つしかない。あいだに挟まった文明の騒々しさなど、どうでもいいことかもしれない。

こう考えると、思想とか何とかいったところで、これは元気なうちのゲームとでも考えたほうがいいのでしょうかね。

非文明開化論

「……その文明の取り扱いの違いをそれぞれの文化という……」と立川談志はいう(『立川談志遺言大全集　巻十二』講談社)。

なるほどねえ、じゃ、その文明とは何ぞや。……ぅん……そうね、文明だから、文字通り、文が明らかになる、あるいは明るくなる、とはつまり、文が読めて明るくなるのかね……そうそう、そうやって明るくなると分別がつく。分別がつくと物の道理が判《わか》る。ということは、いいの悪いのと判断がつく。と、しかしね、その判断に違いが出てくるから、衝突がある。と、つまりは、それぞれの都合というものだな。となると、つまりは文化とはそれぞれの都合ということになるな。

そう、まさに、その都合、それぞれの都合を文化という。

人間の都合……都合ってのは、人間にしかないものだからね。その人間のそれぞれの都合を文化という。……ぅん、いいことをいうね。今までこんなことといった奴いたかぁ？

文が明るくなるってのは、つまり、その文の明るさに馴染んでいく……馴染むってのは、つまり……また、つまりだけど、その、なんだ、その馴染むってのは、これはコントロールされる、今はやりの表現を使えば、これは何と「マインド・コントロール」ってことになるのだ。いやはや、すごいことをいうね。それぞれの都合に馴染むってのは、その文化にマインド・コントロールされる、また、表現を変えれば、「洗脳」されていく、と。文化は洗脳……か。

文化とはつまり洗脳のなれの果て。都合に馴染んだなれの果て……と。

もう、どうにも仕様のないほど都合に絡め取られ、にっちもさっちもいかなくなったなれの果て……と。いや、これはどうにも惨めなものだね。

文化とは惨めなものか。そうか、いや、まいったねえ。ということは文なんて明るくならないほうがいいのか？　そういうことだろう？　文が明るくなり、それぞれの都合ができて、やがては衝突したり、惨めな姿を晒すようになるんだから、文なんて明るくならないほうがいいんだな。そういうことになる。

文化を否文化的に考える

文化とは何ぞや。おれ流でいってみる。

これは、つまり、世俗風俗が時の篩にかけられ、ある広がりを持ったatmosphereに支えられ、ひとつの場が形成されていく。そして、そこに、人間どもが吹き溜まっていく。これを文化という。……ぅん、うまいことというものだ。文化とは、つまるところ、吹き溜まり……と。

……何のこたぁねえ、要するに、同じ趣味の人間が集まり、わいわい、がやがや、やってるってことだな。なんだ、それじゃ、同好会、愛好会ってなものとおんなじだな。今風にいやぁ、サークル、ってとこか。そういやぁ、文化人のサークルって、よくいうもんな。

スポーツ文化、グルメ文化、何々文化、と、これみんな、同じ趣味だ。日本文化、つまり、日本が趣味。伝統文化、つまりは、伝統が趣味。

じゃあ、文化勲章ってのは、どうだ。

バカ、どうってこたぁねえ。勲章が趣味な連中ってことだよ。

いやぁ、分かりやすいねえ。そうか、文化ってのは、趣味ってことか……。

それじゃ、「文化の日」ってのは、「趣味の日」ってことか。それで、みんなお休みにして、趣味にいそしもうってことだな。

不惑を超えて

人生五十年を過ぎ、つらつら考えてみるに、自分がどういう結末になるのか面白いような気もする。波乱があったようで、花開いたようで、そして全てなかったようで、他人の人生とどう比較できるものでもないし、人一人の人生は一編の小説になる、といわれるが……ぅ〜ん……ここで、溜め息ともうめき声ともつかない苦しい吐息を洩らす。……ここまでだな、あとはない。さっぱり思いつかない。書く気がないから思いつかないのか、脳ミソの機能の問題で思いつかないのか、さっぱりつながらない。ちょっと新聞、雑誌などネタ探し。

……おっと、いいのがあったね。山田風太郎先生。山田の風ちゃんだよ。気軽に呼び捨てだね。いや、この人、面白いことというね。まるでおれだね。これをちょっと書いておこうか。

自分が死滅したあと、空も地上もまったく同じとは実に何たる怪事。
「いろいろあったが、死んでみりゃあ、なんてこった。はじめから居なかったのとおんなじじゃないか、みなの衆」　（山田風太郎『人間臨終図巻』徳間書店）

これは、どこかにも抜き書きしたが、しかし、傑作だね。このフレーズ好きだね。

進歩という名のバブル

つまり、人間は進歩という余計なことを考え出したわけだよ。人間とはこういうものだ、で終わっておけばよかったものを、発展とか進歩とか考えるものだから、どうにも収拾がつかないところまで来てしまったように思う。

だからね、進歩というのも、これはバブルだろうね。人間社会の進歩がバブルなのである。いつかパチンと弾ける、いや、ぱ～んかもしれないし、どか～んかもしれない。

サービスをこれでもか、これでもかと考える介護もバブル同然である。死ぬことを忘れてしまった。お年寄りの方々が、何でも要求できるものと過剰なサービスに甘え、わがままを増長させていく。いつか介護も弾けるんだろう。

昔の人は、しっかりと老いて、しっかりと死んでいった。死ぬことを忘れた老人介護はこのままでいけば、いつまでたっても解決をみない。

もっとも、老いに関する問題は人間の永遠のテーマではある。

超高齢化社会

超高齢化社会の到来といっているけど、確かに統計上はそうなるかもしれないが、しかし、現実にはそういう社会はどういう状況なのだろうか。

六十歳以上が三十四パーセントなんていったところで、それで社会が成り立つのだろうか。そういう社会の状態だと、現在のような介護の状況はつくれないわけだから、手のかかる高齢者はどんどん死んでいくのでは……と考えたが、そうそう、介護ロボットという、疲れを知らない人間に忠実な、人間そっくりのロボットが出現するということも予測できる。力仕事あるいは正確さを要求される、たとえば運転手などもロボットになるだろう。あるいは、医療ロボットなど。

こうなると、想像を超えるような未来社会の到来ということになるな。私の想像するところでは、未来は、ロボットが重要な社会の役割を担うということになる。医療用ロボット、介護ロボット、労働パワーとしての精巧なサイボーグ並みのロボットが活用される。

しかし、そうなると、人間としての役目はどうなるのだろうか。

人間が知的な部分、知能労働、といったところで、ロボットにコンピューター頭脳を設置すれば、学習能力あり、データ分析お手のもの、古今の文学歴史美術科学聖典など、あらゆる知識をインプットされ、ロボット学者、教授まで可能となる。人間の疲れを知るお粗末な脳ミソでは、とてもじゃないが、太刀打ちできない。

現在の段階では、人間の脳がフル活動すれば、未だにコンピューター以上の能力はあるかもしれないが、しかし、何の因果か最大発揮でせいぜい十パーセントという。それも超人といわれる、ヨガ行者、密教行者、親しみのある人でいえば、空海とかね、ああいう段階までいかなければならない。我々人間は、何の因果か、そのアビリティーを神に封印されたままなのである。

人工皮膚、重量を調整できる超合金、永久的な光バッテリーなど、人間に忠実なロボットの誕生で、高齢化社会でも何の不安もない。何年先になることか。しかし、こうなると、アニメ、SF映画と、想像する世界は、全て現実になっていくことになる。

そして、いよいよ、人間並みに感情を持ったサイボーグ・ロボットの登場となるのだろう。これは、永久光バッテリーで永久不滅。つまり、不老不死。人間の描いてきた不老不死とは、こういうことだったのか。

歴史というのは、記憶の確認である。

親は子を見て育つ

しかし、この新聞記事（'02・12・11）にもある「六歳児までの医療無料化」というのは、長く続くわけがない。

なぜ、政治家は、こういう耳に心地よい甘い話ばかりをしたがるのだろうか。国民に媚びて、次の選挙をうまく乗りきりたいからだろう。

無料にすれば、どんな親であれ、ちょっとした子供の症状でも医者にかかる。そうすれば、端的な話、医療財源を圧迫することになる。底をつくことは目に見えている。誰が考えても、分かりそうなものだが、それとも少子化傾向で、それほどの負担にならないということなのだろうか。

しかし、無知な親は、すぐに医者に連れて行く。医者は、それ、おいしいお客さんだと、いとも簡単にクスリを出し、利潤を上げようとする。もちろん、そんな不埒な医者ばかりではないことは、先刻承知のことです。が、しかし、大方は、そういった無知な親ですよ。それでは、子供の身体は育たないよ。

弱々しい、身体の異変を恐れる親子の関係しか、そこには生まれない。医者に任せきりの、頼りない、何かあれば、全て医者のせい、という情けない親しか育たない。親も子を見ながら育っていかなければならないからね。

人は育たないね。文明も終わりだね。情けないね。

オランダは安楽死を合法化

「……世界で初めて国家レベルで安楽死を合法化。……現在、同国では年間二千人以上が安楽死を選択、その多くはがん患者という」とある（'01・8・6付沖縄タイムス）。

これは、これでひとつの選択だ。立派な最期です。

自分で自分のことを選べない。こんな不合理で理不尽なことがあるだろうか。

人間は地球環境に何ひとついいことをしていないわけだから、最期くらい、きれいさっぱりと自分で決着をつけるぐらいのことは、選ばせるべきなのは、至極当然、当たり前のことである。ぐちゃぐちゃになるまで生き長らえて、周りは周りで、ああだこうだと愚にもつかない生命に関する不毛の論議を繰り返す。私のいつもの常套句を使えば「人間だけが潔くない！」となる。

すかっと生きて、すかっと死のうじゃないか。

この世は、かりそめのドラマ。自分の役割が終われば、さっさと舞台から去りましょう。

ゴルフの友に除細動器

日本循環器学会は突然死の原因となっている心室細動の治療ができる除細動器

を、空港や駅など公共性の高い場所に設置し、一般の人も使用できるよう段階的に使用条件を緩和することを厚生労働省に提言した。

（'02・12・11付沖縄タイムス）

これは、もう四年ほど前の話だから、現在は、もう既に、そういったところに設置されているのだろう。

医療機器でも、性能がよく安全で簡便、誰でも使える時代になったのである。コンピューターの指示でマニュアルに従い、空港で素人でも使えるのであれば、家庭に置いてもおかしくないってことだ。問題はコストになるが、そのうち安いのが出てきて、「一家に一台、除細動器」「ゴルフのお供に除細動器」という時代が来るだろう。医者のいらない時代は確実に来るね。「診断ボックス」なんてのができて、その中に入れれば、数分で何の苦痛もなく身体のデータが全て出てくる。治療のガイドラインまでついてくる。それを持って、精巧忠実、ミスのないドクター・ロボットが治療のガイド・ライン通りに治療を進めるのだ。

……そんな、まずいだろう？　病を診《み》る以上に人を診る。これが仁術の医療というものだろう。ロボットに患者の心に触れるような医療ができますか？　心からくる病というのもあるんだよ。ストレスはどう対処するんだよ。
だから、そういう甘えは一切許さない。

小惑星、地球に激突か

米ハーバード・スミソニアン宇宙物理学センターは、地球の軌道と交差し、極めて低い確率ながら二〇一九年に地球に激突する可能性もある小惑星が見つかったと明らかにした。……専門家の間では高危険度の小惑星と分類されているが、発見されたばかりで詳細は不明。同センターの小惑星センターは「宝くじに当たるほうが先」と衝突の可能性がほとんどないことを強調しているが……。

（'02・7・25付沖縄タイムス）

「宝くじに当たるほうが先」といったところで、当たった人にとっては大当たりなのだから、地球が大当たりにならないとも限らない。

当たってもいいのでは、とおれは思うのだよね。

こういう愚かな人間どもはね、そんなことでも起こらなければ目が覚めないよ。どうぞ、当たってください。直撃すると面白いだろうね。……ふざけてる？　何を抜かす。人間どもがふざけていたんだろう。自然の摂理によって小惑星は誕生し、その軌道に乗ることになったのだ。地球に激突することになれば、これもまた自然の摂理なのである。

迷走ＭＲＳＡ

「日本小児科学会は、ＭＲＳＡの完全な排除は困難とし、全国の小児科医にＭＲＳＡの存在を前提とした共存対策を呼びかける異例の見解をまとめた。現状の対策以上に効果的なものはなく、行きすぎた対応はより強力な耐性菌を生み出す恐れがあることを踏まえた……」と新聞にある（'01・7・5付沖縄タイムス）。

ＭＲＳＡ騒動も、落ち着くべきところに落ち着いたというべきか。新しいトピックス好きの医学界にとっては、ひとつの時代を盛り上げたＭＲＳＡではあったが、「常在菌」という当たり前すぎる結論で、これ以上の話題性もなく、「共存」対策を呼びかける異例の見解でピリオドである。

しかし、そんなことは先刻承知のまったくクダらない結論でね、私などは、もう、とっくの昔から、いっていたのである。

細菌と抗生剤のイタチごっこは、結局、製薬業界と医療業界のビジネスであり、また、つまりもしない論文が学会を賑わし、懲りない連中は、ああだ、こうだ、そうだと不毛の論議を繰り返し、結論はといえば、何の解決策もないまま、ないのが当たり前だけど、そのないまま、「現状の対策以上のものはない」となる。

自然界は人知を超えて、雄大にして偉大すぎる。いや、こういうことを口にすることさえ尊大不遜でおこがましい。

未知のウイルス、細菌、耐性菌などどうじゃうじゃいるのだ。知らぬがほとけ。そんなことホットケ、なんちゃって……。

自然の理を超えてまで生きていけるわけがない。死ぬ時は、潔く死にましょう。人間、諦めが肝心。他人様に迷惑をかけることなく、逝く時は、すっきりと逝きましょう。

エイズ・ウイルスの正体見たり

世界のエイズ・ウイルス感染者の七割が集中するサハラ砂漠以南のアフリカでは、感染者数が推定で昨年より二百八十万人多い二千八百十万人に達したことが分かった。被害の拡大の深刻さに、エイズとの闘いにも力を注ぐよう求める声が上がっている。

（'01・12・1付沖縄タイムス）

このエイズ・ウイルス（以下、ＨＩＶ）というのも、よく分からないウイルスではある。要するに、これは病原体ではないわけだよ。……こういうことは、どこかで誰かがいっていることかもしれないが、私は、これは、ひょっとしたら、常在ウイルスじゃないかと思うのだ。……ん？　……、やっぱり、そうですか。

私が常々いっているように、発見されていない細菌やウイルスというのは、まだまだ存在する。現在、学術名をつけられている数よりも、はるかに多いのではないか。その中には、人間に常在する、あるいは人間と共生するものもあるに違いない。というより、常在ウイルス、常在細菌と共生しているのが、人間の自然の姿だと私は思う。人間は天然のウイルス、ウイルス・キャリア（保有者）なのである。

ＨＩＶにしても、その人間とうまく共生できるウイルスの一種かもしれないんだよ。

ウイルスの特異性として、突然変異があげられるが、ＨＩＶにしても、個体の内部環境あるいは外部環境の変化によって常在ウイルスの一部が検査で発見できるＨＩＶに変異していくのではないか。その変異したウイルスに個体の側が適応していこうとする、あるいは、ウイルスが個体に適応していこうとする。その過程で個体の側の自然の免疫力なり、基礎的な体力が落ちている場合に病変として表に現れてくるのである。だから、ＨＩＶは直接の死亡原因にはならないのである。自然というのは常に変化し続けているわけだから、ウイルスの突然変異も個体の免疫力の増強下降も成り行きなのである。ＨＩＶのキャリア（保有者）として、発病もなくその生涯を終える人もいるわけだから、宿主としての個体のあり様《よう》を考えるようにしなければならない。

地球上に人間が増え続け、その一方で絶滅あるいは絶滅の危機に瀕している動植物は、これもまた、増える傾向にある。情報過多、食の変化、環境汚染など、様々なストレスが人間の体内環境の異変を惹起し、その結果、人間に常在、あるいは共生する微生物にまでその環境に適応するための変化を余儀なくさせる。微生物としてのストレスも生まれるだろう。それが、つまり、人間を死に至らしめる新しい発病の形となるのではないだろうか。

共生共存が最良の道であるはずなのだが、まるで、「モグラ叩き」あるいは「イタチごっこ」の如く、病の原因を消去することばかりを考えていては、いつまでたっても同じことです。

海ガメ、産卵ピーク

これもまた、実にクダらないのである。

何が面白いのか、愚かな人間どもは、よそ様の産卵なんぞ、見学会と称してわざわざ出かけるのだろうか。それも懐中電灯持参なのである。まったく、カメにとっては迷惑千万な話である。バカバカしくて、これ以上書くのも愚かしいが、しかし、ここはカメのため、というか、カメを代弁して書いてみよう。

「おれは……ん？　……、カメにも雄と雌は、もちろんあるのだろうが、ここは愚かなる人間どもに衝撃を与える意味で、おれで行ってみるか、それとも我輩、がいいか。……その、なんだ、我輩は、静かに産みたいのよね、しかし、いつもこうだよ。せっかく、静かな場所と思ってもだよ。もう、何年も前から、産卵の場所と決めているのにだね、何で人間が寄ってくるの？　最近では、教師に引率された小学生らしい子供たちまでが、どっと押し寄せて我輩たちの卵を産み落とす様子を見学しているんだよね。いったい、何のつもりなんだ？　自分らのお産もまともに見たことがないんだろうか。海ガメごときのお産に、ガヤガヤそわそわと、声まで出して、その上、電灯まで照らしてみたりと、まったく、はた迷惑もいいところだ。おまけに、我輩が海に戻ったあとは、卵を掘り返してみたりと、どうしようもない人間までいる始末だからな。あぁ、愚かなる人間どもよ、カメごときのお産に感動して、どないするねん。自分たちのお産に感動しなさい」

ガラナの実

「ブラジルのアマゾン川流域に原生するガラナに、アルツハイマー病の呆け症状を和らげる効果があることが鈴鹿医療科学大の鈴木郁功教授らのグループの研究で分かった」

「ガラナの成分が、脳の海馬にコリンアセチルトランスフェラーゼと呼ばれる記憶力を促進させる酵素を分泌させることが主な原因とみられる」と新聞にある（'02・3・11付沖縄タイムス）。

呆けの予防と緩和が、現実に可能となり、さらにがんも確実に治る時代が訪れ、その上さらに、人工臓器、臓器移植、遺伝子治療などと先進医療技術がごく普通のこととなり、延命の果て寿命がさらに延びたとすると、この世はどうなるだろうか。

いや、それでも、やはり人は死ぬのである。

仮に、ひとつの臓器を限りなく自然に近い人工臓器に換えたとしても、人間の生命は総体的なものだから、ひとつの臓器が新品で張りきって働いたとしても、たとえば血管が古びていては新品の働きについていけない。全身の血管が、末梢血管に至るまで人工血管に取り換えられるなど、とうてい無理な話である。と、なると、どこかに無理がきて、不自然な老化が進行し、生命のコントロール・タワーとしての脳に戸惑いが生じ、環境への適応性が低下するのだ。

人間はトータル（総体的）な生き物であり、トータルに老化し、トータルに死を受け入れるようにできているのだ。それを自然というのである。

鈍感について

鈍感という言葉を耳にすることが多い。

売れている本の影響だろうか。私はその本を読んでいない。たまたま、私も鈍感について考えることにした。

「叩かれて叩かれて鈍感になり、他人の噂話が雀の鳴き声に聞こえるくらいにならなければ、悟りは得られない」

某政治家の表現に、私が「雀の鳴き声」をつなげ完成した警句（？）である。

鈍感になるとは、つまり、無神経になる、無遠慮無配慮になる、他人のことなど意に介さなくなる、こういうことなのである。こうなると、実に気持ちが楽なのだ。何であんなことを気にしていたんだろうと、まさに精神のコペルニクス的転回、他人の顔は全てかぼちゃ、話す言葉は鳥の鳴き声。何《な》ぁも気にすることなどありゃしまへん。

考えてみれば、自然は鈍感なのである。自然が敏感なら災害などは起こらない。鈍感にも豪雨、地震、台風、猛暑寒気をもたらすのである。自然は実に気まぐれ、無神経無遠慮なのが自然という存在である。

自然から見れば、蟻一匹も人間一人も、何の区別すべき存在ではない。庭園の名花も道端の野花も何ら比較する存在ではない。同じように天災でかっさらっていくのである。

自然には、物事を区別する価値観というのがない。美醜もなければ優劣もない。ないというより、原初の始めから知らないのかもしれない。

人間だけが嘆いたり悲しんだり、あるいは、都合のいい時は喜んだりしているが、自然はまったく気にしていない。勝手きままにくしゃみをしたり、屁をこいたり、大欠伸をしたりと、そのことが娑婆世界を混乱に陥れていることも知ってか知らずか、どうでもいいと言わんばかりに実に無邪気なものである。

自然の鈍感さは、このように無邪気に通じるものがある。

それだから、人間も周りのことは気にせず、無神経になり、なるようにしかならないと鈍感になれば、自然の本心に近づくことができ、苦痛を忘れ、やがて、我が身が天然自然と一体となり、悟りの境地に至るのである。

悟りとは、究極の精神安定のことである。揺るぎのない平穏無事。こういうことは、鈍感になれば、身につけることができる。

枯れるとは？

何もしなければ、何の苦痛もなく、安らかにすっとあの世に旅立てるものを、人間というのは実に浅はかだから、あれこれ手を尽くし、「何かしないではいられない症候群」で、老衰の方の足を引っ張り、娑婆につなぎとめ、苦痛の継続を強要する。これを生命の尊厳と言うようだ。

枯れるとは未練を残さないということである。未練たらしく足を引っ張るものだから、手を尽くせば尽くすほど、未練でどろどろとなり始末におえない。

「がんと闘う筑紫哲也さんに聞く」を読む

当地（宮古島）ローカル紙に掲載されたインタビュー記事である（'07・12・2付宮古毎日新聞）。翌日、読後の感想をまとめたのが以下の文章である。筑紫氏は、このインタビュー記事の一年後、二〇〇八年に他界されている。

筑紫氏はヘビースモーカーだったようだ。そのせいか肺がんが見つかったそうである。しかし、筑紫氏は「タバコは引き金で、本当の原因はストレスなんです」と言う。手術を受けたようだ。術後の放射線治療も経験したようだ。病後、タバコは止めたようだ。

筑紫氏はタバコについて「人類が発明した偉大な文化であり、タバコの代わりはありませんよ。これを知らずに人生を終わる人を思うと、何とものっぺらぼうで気の毒な気がしますね」と言う。それなら、タバコを止めなきゃいいのである。肺がんの原因がストレスにあると言うのなら、タバコを止めずに、タバコでストレスを解消すればいいんだろう。それで、今はストレスの原因だったニュースキャスターを降りているのだから、のんびりとタバコをふかして、信仰に近い東洋医学で、病を遠ざける身体をつくればいいのである。

「これを知らずに人生を終わる人を思うと……」と言うのだから、自分の子供たちにも、「おい、タバコはいいぞ。人生豊かになるぞ。どんどんやろうじゃないか」とすすめたことだろう。タバコに興味を持つ未成年者にもタバコの良さをどんどん吹聴しますか。

いったい、どういう興味から、何歳の時にタバコを口にするようになったのだろうか。「偉大な文化」と思うようになったのはいつからなのだろう。初めてタバコを吸い、頭がくらっとした時に、世界が広がったのだろうか。自分がニコチン中毒だからといって、タバコを「偉大な文化」と上げ奉るのは、どうなんですか。死ぬ前に、きっちりと「タバコ論」を残さなければならないな。

「人間は賢者になれるという壮大なフィクション」と筑紫氏は言うが、そうではない。フィクションとか誤解を分かっているから賢者なのである。人間はいつでも迷妄の中にいるのである。

「今は月の半分を奈良の東洋医学専門家、松元蜜峰さんのもとで過ごす。放射線医療の後遺症でのどが膨れ上がった時、はり治療などで救われたためだ」とある。放射線治療を施行した医師は、放射線照射部位に副作用として放射性炎症が起こることは、当然のこと予測している。それに対する対症療法もルーチン化されている。患者がはり治療のみに走ることを見過ごすことはない。ステロイドなどを併用して好転したことを、筑紫氏は「はり治療で良くなった」と誤解しているのではないだろうか。

最近は、がんが有名人のブランドというかステイタスになりつつあるな。がんであることを公表する人が続き、いかにも死に立ち向かう強い精神の持ち主であるかのようなコメントをメディアに流す。しかし、それは弱気になる自分を何とか立ち上がらせようとする気持ちの裏返しでもあるな。本当は何も分かっていないのだろう。本当の苦しみはこれからだと思うがな。

「がんは面白い病気でね。これくらい個人差があり、気持ちに左右されるものはない。心臓が急に止まるのと違い、余命率がどれくらいという、一種予約つきの人生になる。年数はわからない。ラッキーだと延びるし、短い人もいる」と筑紫氏は言う。しかし、とぼけた物言いである。そもそも、人間なんて生まれた時から予約つきの人生ではないか。ラッキーだと延びるし、短い人もいる。当たり前のことだ。がんの転移の恐ろしさを知らないから、いかにもがんを克服したように余命率がどうの予約つきがどうのと悠長なことを言っていられるのである。余命率の期限が来て、「はい、おやすみなさい」であの世に旅立つわけではない。がんの終わりの数ヶ月は転移病巣からの疼痛と苦しみの連続になる。

「大事なのは、どれくらい、自分が人生を楽しんだかということ。それが最後の自分の成績表だと」と筑紫氏は続ける。テレビで視聴率を少しは気にしていたのだろう。こういう方は成績表を気にしながらの人生だったのだろう。だから、最後まで人にどう見られるのかを気にしながら、成績表を口にするのである。格好のいいことを言っておかなきゃな、と。

「全てにありがたさを感じる。そう思いながら味わえる何日かが、あとどのくらい続くか分からないけど。その日々、月日があるというのは、急に逝くよりいいんじゃないか、と思うんです」と筑紫氏は最後に言っている。面白くも何ともないが、迷言である。どこかに無理がある。がんにもめげず、私はこんなにも多くのことを悟り、有意義で心地よい余命を送っているのだと。そりゃ、そうだろう。あいつより先に逝くのは悔しいものな。本当の苦しみはこれからなのだよ。しかし、初期の段階でしっかり切除してあれば、再発転移はないのかもしれない。家族の気持ちになれば、そのことを祈るばかりだ。

第二章　我が脳はどこへ行く

脳想の時代

ここ数年、怠惰に時を過ごし、読書らしきものから遠ざかり、文字と言葉に鈍りかかっていた。

我が脳想に鉄槌の降る時が来た。何の因果か司馬遼太郎とつき合う一年にしようと心に決め、『世に棲む日々』を読み始めたのが、二〇〇一年の一月初旬。途中、二月十二日にペンを取り、文字を紡ぎ始め、後にその日が「菜の花忌」で司馬の命日に当たることを知った。

何も特別な因縁だというつもりはない。ただの偶然。しかし、本人としては、何か、力の湧く心地よい気がした。

それ以来、アナログ作業に目覚め、ペンを持ち、せっせと書き続け、やはり、我が脳ミソに何らかの変化が起こっている。ワープロコンピューターの時代に、一文字一文字刻んでいくというか、埋めていくというか、これはいい感覚なのだ。何かを掴んでいくようで、ある種の快感につながっていく。

レコードプレイヤーが復活していると聞く。レコード針を置くにしても、文字を刻むにしても、集中する心地よさというのがある。辞書にしても、頁をめくって言葉を探す過程がいいのである。

今さらいうことでもないが、人間の能力を支えているのはアナログ感覚だと思う。最近は、鉛筆をナイフで削ることに楽しみを見つけた。これは身近にあるアナログ感覚の最たるものではないかと勝手に思っている。手先では削れない。背中に気が通るような新鮮な感覚が走る。

しかし、新鮮といったところで、私の年代、小学校の頃は皆これだった。まさに、全身の感覚を動員して鉛筆を削る。日常の起居動作に細かい動きの感覚が蘇る。思い出すという作業もいいようだ。愚かなる我が脳細胞の引き出しを、丹念に整理しながら、思い出す作業を続けていると、実に様々なことが浮かび上がってくる。しかし、この作業は脳の危険な領域に入っていくこともある。気をつけたほうがいい。

読み返すことなく書き綴っているが、文章として成り立っているかどうか分からない。思い返して書く。ペンで書く。こういった作業が、頭脳の活性化と機能維持にはいいようだ。書く縁を与えてくれた彼方のコントロール・タワーに感謝しなければならない。

はるか先をゆく人

これもひとつの真理なんですよね。いろんな技術の論理、理論的なもの、つまり俗に言うセオリーですね。これは我々は学生時代からやって卒業してますからね。全部終わってますから。だからあとはどんどん身体のシャープさとバットのスピード感と、そしてプレーヤーとしてのスピード感ですね。それを磨いていけばいいわけですよね。一般的な論理、理論というものは立教時分の三年で全部終わっているものですから、今さらということがあるんですね。つまり、僕はプロに入ってから、お遊びができたわけですよ。基本がないとお遊びができないんですよね、野球で。基本がやっぱり大事ですよね。だから松井なんかずーっと基本で来ているわけでしょう。あとはどうやってお遊びの世界にできるかどうかかね。

（長嶋茂雄）

『論争・長嶋茂雄』（織田淳太郎・中公新書ラクレ編集部編、中央公論新社）の一部であるが、なるほど、長嶋には「遊び」の部分があったわけだ。確かに長嶋は遊んでいたね。それを分からないバカな連中が、ひらめき野球、動物的勘だ、監督としての能力がどうの、と何とも面白くない論調で批判するわけだよ。

たとえば、長嶋の作った言葉のヒットは結構あるんだけどね、それも今やプロ野球を語るうえで欠かせないものになっている。曰く「勝利の方程式、ビッグ・イニング、メイク・ドラマ」など。

つまり、単にゲームの勝敗、記録がどうの、というより、心を動かす、というか「きょうの野球は楽しかったね。あのプレー良かったね」と帰りの電車の中で、しみじみと喜びとか感動を述懐する心地よさに浸れることができる。これなんだよ、長嶋の考えるところは。

世界がはるか先に行っているというか、「……何かこう、身体の成分が我々と違う感じがしますね」という、ねじめ正一の言葉が全てを語っているように思う。

野茂一〇〇勝

米大リーグ・ドジャースの野茂投手は20日、当地でのジャイアンツ戦に先発し、大リーグ9年目で通算100勝を達成した。
「通過点ですから。まだこれで終わりじゃない。今年で終わりじゃないですから。……こっちで100勝している投手は何人もいる。今後はそういうのが当たり前になってくる。前々から言っていますが、日本の中だけで考えちゃ駄目……（ウイニングボールは）……もらっていない。僕が最後まで投げたわけではないですから」

（'03・4・22付沖縄タイムス）

やはり、NOMOだろう。
全てはこの男から始まった。
単身、アメリカに乗り込んだのはこの男だった。
佐々木も、イチローも、そして松井も、

この男を見て立ち上がったのだ。
真のパイオニアとは、野茂のことだ。
奢ることなく、静かに己を見据え、
淡々と心身を整える。
そして、きょうもマウンドに向かうのである。

靖国参拝「熟慮中」

日本国首相、小泉は自らの靖国神社参拝について「熟慮の最中だ。もう少し時間をいただきたい」と述べた。

行くべきか、行かざるべきか。世論が気になる、周囲が気になる。人はああもいう、こうもいう。他人というものは無責任なものだ。熟慮など、ただの時間かせぎ。最初に行くと決めたら行くべきだろう。その後に、周りがガタガタ騒ぎ出すなら、けつをまくって辞めればいい。政治家は、辞める覚悟がなければダメだ。

靖国問題、歴史教科書問題。しかし、うるさいねえ。民主主義の世の中、皆さん勝手に、他人の受け売りだろうが何だろうが、ああいう人がいれば、こういう人がいる。人口は増える、皆さん、思い思いに好きなことがいえる。収拾がつくわけがない。この際どうですか、同じ意見でまとまって独立というのは。四国で独立、九州で独立、沖縄で独立。ボーダーレスなんて誰がいったのだ。人間の世界にボーダーレスはあり得ない。国境がどうだこうだと地域で争っている人間どもだ。ボーダーレスなど彼方の夢だ。

花の祭り

二〇〇一年ボランティア国際年・反人種主義国際年を記念する「花の祭り」(主催・同実行委)が十四日、渋谷区の代々木公園で開幕した。

祭りは芸能・芸術を通して「ありがとう」を言い合える環境づくり——がスロー

ガン。民族や文化、国境、言語、思想・信条の違いを超えてともに生きる世界を考えようと企画された。

（'01・8・15付沖縄タイムス）

残念ながら、「民族や文化、国境、言語、思想・信条の違いを超えてともに生きる世界」というのは考えられない。それは、言葉だけの美しい遊びである。「……の違いを超えて」ともに生きることはできないのである。「……ともに生きよう」とするから、無理が生じるのである。逆に、「民族や文化、国境、言語、思想・信条の違い」がともに生きる世界の限界なのである。

なぜ、ともに生きたがるのだろうか。それは、そういうことを言いたい人間の都合である。旗振り先導役をしたいがために、また、そういう役を演じる快感に浸りたいがための、そういう個人の都合なのである。旗振り役がいて、お互い我慢できる人間同士が、表面上はまとまっている世界が、「ともに生きている」仮の状態である。その時は何とかまとまっているが、旗振り役がいなくなれば、また、ばらばらになり、ともには生きられない世界となる。その時の都合で集合離散を繰り返すのが人間の特性である。世界の歴史を見てみればいい。ついて離れて、またくっついて、お前が出すぎているの、いや、こっちはおれたちのものだ。宗教をバカにされたの、金を持ってるのが気にいらないのと、ちょっとしたことで地域紛争。国内の小さな政治の集団でもよく見られる。ヤクザの抗争と何ら変わらない。映画「仁義なき戦い」が政治映画と評価される所以である。

つまるところ、個人個人が目覚め、貪らず、「これにて足れり」を知り、他人の領分を侵さず、心静かに生きることができるようにならなければ、「ともに生きる」世界の実現はないのである。

この個人の目覚めによる世界を、古今の聖人は、浄土、天国、ヘヴンなどと表現したのである。しかし、これは彼方の世界のことである。現世は混沌として、カオスのまま、個人の目覚めも限られ、それぞれの都合は相変わらず都合のままで旗振り役の幻想に惑わされ、愚かな時を刻んでいくのが人間である。

ともに生きない、他人を干渉しない世界、そこまで人間が成熟しなければ、他人を侵さない世界は実現しないということである。

そして、また、思想・信条は、そのまま丸ごと遺伝するわけではない。生まれてくる子供たちは、常に過去を学ばなければならないし、また、生まれてくる子供にも個人の都合としての思想・信条の自由はあるわけだから、その後の世界がどうなるかはまったく分からない。だから、人間の最終の理想と考えられた共産主義が崩壊するのである。

人間は、常に、経験を通してしか成長しないようになっているので、まったくの堂々めぐりで、同じ過ちを繰り返し、歴史を風化させないと叫び、愚かな営みを続けるのである。これが人間という生物である。

「争いのない、ともに生きる世界」と叫んでいるうちが花なのかもしれない。

百人のうち、仮に半分の人間が平和を考え、ボーダー（境界）もいらない、言語、思想・信条を超えてともに生きる世界を考えようといったところで、残りの人間の中に一人の狂人がいて、ガソリンをまき、火を放てば、たちまち修羅の巷と化す。誰が、平穏な小学校に包丁を振り回す男が乱入すると予測するのかね。

ドラゴンボールもかくや、室伏ハンマー金

これは見事だ。
この雄たけびは見事だ。
これほどの人間の爆発を、
私は見たことがない。
これに匹敵するエネルギー、
人間の爆烈現象は見たことがない。
私が知る限り
ドラゴンボールでの想像のエネルギーだけだ。
ブルース・リーもここまでは爆発しなかった。
これは見事だ。
新たな歴史だ。

残像のない日本人

「こんな残像のない社会をつくったのは教育制度です。日本は百年かけて腐っている。一日ではどうしようもない」と鶴見俊輔はいう（'02・12・26付沖縄タイムス）。「残像」とは、つまり、世代が共有する「何か」ということだろう。そして、また、世代を超えて集落、地域、国として共有する「何か」ともいうことができる。「花の祭り」の項（一二三頁）に、「民族や文化、国境、言語、思想・信条の違いを超えてともに生きる世界」というのは考えられない、と書いたが、世代を超えて共有する世界というのは、「民族や文化～思想・信条」までは広げることができるが、それ以上は無理がある。しかし、共有する「何か」とはお互い知っている歌であったり、地域の風景であったり、地域の色彩、食べ物、言葉、慣習であったりすると私は考える。

たとえば、今の日本に親子で共有共感する歌はあるのだろうか。地域の風景にしても、あまりに変化が激しく、それこそ残像のない時が流れていく。

共有する残像があるから、親しみ、大事にする気持ちも生まれてくる。このことが、故郷に対する愛情になり、国に対する愛情になり、同胞人間環境に対する愛情になるのである。人間というのは、そもそも心貧しい生き物である。心貧しいゆえに、この「残像」をもって、「共有、共感」の思いを育てなければならない。

現代に痴呆老人が増えていることと、残像のない社会とは密接に関係していると思うのだ。激しい社会の変化についていけない老人たちが、自分の居場所をなくし、戸惑い、その果てに精神の異変を来し、痴呆へと移っていくのである。「日本は百年かけて腐っている」ことに、今、ようやく気づいたのである。全てが空しい営みだったのだ。……外は、そぼ降る雨……。

遍歴そして風格

しかし、きのうのNHKテレビでのショーン・コネリーはカッコよかった（'01・8・28放送）。

ジェームズ・ボンドというはまり役から抜け出ることに葛藤し、そして、自らの人生に悩み、「ありのままの自分」を悟るまでの精神の遍歴。それが風格として人を魅了する。司会の黒田あゆみアナウンサーが言う。

「七十を過ぎて、セクシーだというのがすごいですよね。この写真を見ても惚れ惚れしますよね。……奥様は、こういう方と、いつもいられるわけでしょう（笑い）」

サユリストは今

「千年の恋」（二〇〇一年十二月公開）という源氏物語を素材にした映画で、吉永小百合が二十歳の乙女の役をやるという（本文執筆時二〇〇一年五月十五日）。これをニュースで聞いた時、吉永小百合という女優の図々しさと身のほどを知らない度量に呆れた。

テレビコマーシャル、映画、雑誌グラビア、と拝察するところ、おん歳六十を超えんとするお方にしては、はるかに若々しく、またそのための努力も惜しまず怠らず、何でも水泳を日課とし、牛乳を日々愛飲していると聞く。小百合出演の牛乳のコマーシャルもテレビでお馴染みだ。このコマーシャルも、やはり、牛乳を飲むことと若さの秘訣の関連から起用されているのであろう。

若さを保っているのは結構なことである。私がいいたいのは、その二十歳の乙女を演じることを引き受けた吉永小百合の女優としての身のほどである。

いくら若さに自信があるとはいえ、吉永は既に五十代後半、いくら若いとはいえ、やはりオバさんなのである。私が見れば、やはり、それなりのオバさん並みの器量しか感じられない。撮影に入れば、それは役作りに精を出し、化粧を入念にし、いくらでもごまかしは利くだろう。しかしだ、やはり、動きの細かい部分にはオバさんのエネルギーしか感じられないだろう。サユリストは精一杯若かりし頃をオーバーラップさせ、無理に目を細め、小百合を引き立てていくだろう。しかし、これはサユリスト専用の映画じゃないと思うが、どうだろうか。

ま、こういう時は、ひとつ下がって、「私は、もう、五十を超えていますし、若くて溌剌とした将来のある女優さんも大勢いらっしゃることですし、そういう方たちを起用されたらどうでしょうか。私は私なりにふさわしい役を選ばせていただきます」

というべきだろうね。映画界のためにも。

しかし、ま、若づくりのスチール写真などを公開して、本人は本当に二十代に見えるかも、と錯覚しているのかもしれない。やはり、芸能人というのは特殊な感覚を持っているのだろう。しかしね、若いというのは、それだけでピーンとした弾んだ様子があるもんなんだよ。

愚かといえば愚かだけど、サユリストには悪いが、何を考えているのかベテランが、いつまでも娑婆荒らしをしてはいけないよ。オバさんはオバさんらしく。いったい、どこまで若さを保てば納得するのだろうか。あと十年もたてば、いくら永遠の小百合でも、少しは皺くちゃになっているだろうから、楽しみではあるけど。あのオードリー・ヘップバーンでさえも、晩年は梅干おばぁの顔だったからね。「ローマの休日」、思い出すねえ。無茶苦茶可愛いかったね。あのオードリーがだよ、しぼんだ古いゴム風船よりもっとひどい梅干おばぁなんだよ。しかし、言い回しがどこか残酷だな。

しかし、小百合だけは、妙に精巧な整形でごまかしてほしくないよな。サユリスト、「SAYURIST」が似合うのは吉永小百合だけだからな。ちなみに、私はサユリストでも何でもない。

涙ぽろぽろ

息子の中学校の卒業式は仕事があり、出られなかった。

卒業証書はご先祖様の仏壇に捧げ、線香を供えた。

夕食は焼き肉。卒業祝いのデコレーション・ケーキも添えられた。

「明日は携帯（電話）、買っていいぞ。兄貴からしょっちゅう電話がくるんじゃないか。長電話するなよ」

「わぁわぁ泣いてた子いたね。……女の子に多かったね。答辞聞きながら、涙ぽろぽろ流してね……」と家内。

「お前は泣いたのか」と息子に訊いてみた。

「何で泣くか」

「でも、胸にぐっと来るものはあっただろう？」

「……うん……」とかすかに頷いた。

自然の……と……分からない

……これは、だから、説明できない。読んで考えてください。

いや、考えてください、というのもあたらない。……感じるしかない。

行間から湧き出るエネルギーというか、言葉の発しているエネルギーというか、言葉は単に道具、手段だからね。だから、ま、言葉は物事の表面、一部分をなぞって、精一杯表現しようとしているけど、しかし、如何せん、自然という真実のほうが広大だからね。

どうやって花の美しさを表現するんですか？　自然が演出した絶妙の色彩。赤、紫の薄いもの、淡いオレンジ色だのと言葉を費やしたところで、それはその一部を表現したにすぎない。

人は持っているレンズも微妙に違う。それぞれが独自のサングラスをかけている。

しかし、世界は同じように見えているもんだと錯覚し、あれこれ議論しているのである。噛み合うわけがない。

人それぞれが、それぞれの感動を勝手に抱いて、勝手な思いを持っていればいいのだが、そうもいかないのが人間の悲しい性だ。ああだこうだ、と何が好きなのか議論を交わすのだ。

結局、また、「おれ流この世論」で、「意味などない、死ぬまで生きればいい」と、なるのだけど、また、これも私の常套句で、それを言ってしまっては、みもふたもない、何かを紡がなければならない、となる。

だからね、私の書いたものを読んで、私に反論してきても仕様がない。私は反論してきた者を説き伏せるつもりもないし、議論するつもりもない。

言葉という道具で、表現の奥にあるものに達しようなどと、所詮は無理なことである。

だから、人間の営みそのものが、実に空しいのだ。

……また、それか。……しかしね、先は短いようで結構長いものだよ。何か趣味でも持って楽しむようにしなきゃあ……。

「うん、まぁ、趣味は特にないんですが、本を二、三冊持って、喫茶店通いを……」

ポップスの香り

Tommy february[6] はいいね。

「CANDY POP IN LOVE」

しかし、オジさんの聴く曲か。

しかし、いいものはいい。この flavour は六十年代前半の感じだよな。古き良きアメリカンpops の taste だ。この娘はハーフかい？　英語で作詞なんてしているからな。

Love
月曜　あなたに借りた本を
抱きしめて眠る

今夜もロマンティック

……ぅん……何ともね、うきうきしてくるね。ま、歳を忘れるのもよかろう。

頭を柔軟に保って、何でも聴けばよかんべよ。私としては、何の抵抗もないけどね。

しかし、最近は、男、特に若い男の唄は聴きたくないね。老境に入りつつある身体が、やはり、若い娘の香気を求めているのだろうか。自然とそうならざるを得ないような老境の感性みたいなものがあるのかもしれんな。

「Can't take my eyes off of you」

これは、車のコマーシャルで使われているね。元はダイアナ・ロスあたりじゃなかったか？　いや、もっと前だろう。フランキー・ヴァリか？　オジさんも、こういうのを聴いて若返るわけよ。

ま、ミュージックを聴くのに歳を感じたことはないけどね。

＊

かくありて　幾世の夢よ
はるかけき　彼方の国より
春きたるらむ

これは新しい感覚だ

LOVE PSYCHEDELICO、これには久々に目の覚める思いがした。

昨日、ＭＴＶで観たラブ・サイケデリコなるシンガー（グループ？）が気になったので、ＣＤを探そうと思っていた。矢井田瞳のＣＤも欲しいと思っていた。

ラブ・サイケデリコは女性ボーカルが、「おいおい、これはちょっと一味違うんじゃないか。英語の発音といい生ギターのサウンドといい、洋物にも負けないんじゃないか」という感じで最近ではいちばん気になっていた。日本の女性ボーカルもここまで来たのか、という感じだった。

矢井田瞳は声を引っくり返すあたりが、カントリー&ウエスタンの味もあり、また、イングランド、アイリッシュ系を感じさせる面白さがある。これも、久々、私を目覚めさせたのだ。

アルバム「The Greatest Hits LOVE PSYCHEDELICO」、これはいい。どこか、JONI MITCHELL を思わせ、また、どこか、THE BEATLESの「THE LOVER SOUL」を思わせる。これはいいね。この taste は、ちょっと物が違う。いやいや、日本もここまで来たのか、ついに、と私は感嘆したのだ。

夜中も寝所で、ラブ・サイケデリコを聴いた。今時、私が、新しいCD、それもJapanese を繰り返し聴くなど、前代未聞、空前絶後……のことなのである。アルバムの七曲目は THE EAGLES を感じさせるところもある。これは、出ているCD全部揃えなければなるまい、と感じ入ってしまったのだ。

矢井田瞳はどうかといえば、アイルランド系の音楽を感じさせるところがいい。声を引っくり返すのは奄美民謡のようなところもあり面白い。しかし、英語の発音は日本人的で、これはダメだな。

再び、ラブ・サイケデリコ。このtaste、このflavour、このatmosphere、全てにしびれる。このミュージックは、ちょっと常人の世界を越えているんじゃないだろうか。何か精神的な体験というか、彼方に一度くらい跳び出さないと、出て来ないatmosphereに思える。

最初聴いた時、ぱっと広がったイメージは、THE BEATLESの「THE LOVER SOUL」だし、前にも書いたが、JONI MITCHELLのtasteもある。THE EAGLESを感じさせるところもある。日本で育った土壌ではない。

「向こう岸、溶ける、夢、飛ぶ、other way」、これらの言葉の群れは何を語っているのか、興味深い。そして、「相対性からwake up、ひたむきな明日からstep up」といった表現はすごい。

会いたい気持ちがgo away

今でも泣きたくなるならany way
いつかは旅立ちたくとも　君は向こう岸でlast smile
暮れる思い出よgo away
揺れる思い出よgo away

夜半に、また、ラブ・サイケデリコを聴く。深脳にしみ入る不思議なミュージック。聴き始めた頃から、妙に明瞭な夢を見るようになった。

ラブ・サイケデリコを聴きながらペンを進めると、脳が刺激されるようで爽快なエネルギーが通っていく。このミュージックの広がり、メロディーの構成、そして、女性ボーカル、クミの圧倒的なフィーリング。日本人には出せないflavourだ。ハーフなのだろうか。英語の発音もいい。現代の日本のミュージシャンでは、ちょっと考えられない。「I will be with you」はシングルでもヒットしたが、このアルバムの中では、「Life goes on」などは私の好みだね。「California」もいい。
THE BEATLES、THE EAGLES、JONI MITCHELL、そして、どこかピーター・

ポール&マリー的なところも感じられる。しばらく追ってみよう。この歳でこういう昂揚感もいいものだ。

子供のピアノにつき合った

夕べの祈り。

「この題から、どんなことを想像する? ……夕べというのは、きのうの夜のことじゃないよ。そういう言い方もあるけど、この場合は、夕方、夕日が沈みかけて、ほの暗くなっていく……ほの暗い、って分かる? ……そして、夜に入っていく。そういう時刻の頃をいっているんだよ。……教会でシスターが祈っているのかもしれない。あるいは、戦争のある国で、幼い女の子が、早く戦争が終わってほしい、そして、家族がみんな無事でいますように、と平和を祈っているのかもしれない。あるいは、また、自分の好きな人に思いが届きますように、と少女が祈っているのかもしれない。そういういろんな祈りがあるんだよ……ね。どんな祈りかは分からない。だけど、この曲を創った人は、この曲に『祈り』という題をつけたんだよ。祈りに共通していることは、気持ちが純粋になるということだよ。……そういうことを考えながら、想いながら弾いてごらん」

Innocence・無邪気。

「無邪気というのは、きのうも話したけど、子供のように無邪気な人とかいうだろう。心のままに動く。あれをしたら人がどう思うからとか、これをしたら損をするとか、そういう損得とか外見を気にしたり、周りを気にしたりはしない、自分の素直な気持ちに反応して、自分の好きなように動き振る舞う、そういうのを無邪気というんだよ。男の子のような元気な無邪気もあれば、女の子のような静かな無邪気もある。だから、このイノセンス無邪気もいろんな弾き方がある。でも、まあ、ナルのピアノは少し元気がないから、元気な無邪気を思い描きながら弾いてごらん。……そう、いとこのリョウくんをイメージして弾いてみたらいいよ。ナオのほうの題は？　『おまわりさんとどろぼう』か……最初に、どういうふうに弾くように書いてある？　……（あやしげに）、そうだろう。あやしげに弾くんだよ。あやしげ、って分かる？……」

ウクレレの魔術師

ジェイク・シマブクロは、ウクレレをチャランゴのように弾く。

ロックとは?

六月九日を語呂あわせで「ロックの日」というのだそうである。しかし、この語呂あわせというのがおれは嫌いでね、いかにも安易というか、これは怠惰だよ。他にも三月四日は沖縄では「三線《さんしん》の日」、あぁ、いやだね、何だろうかね。何の工夫もないというか、センスが感じられないというか、いったい誰が考えるのかね。それをまた、周囲におしつけるというのが耐えられないね。今や「三線の日」は県民的な大行事なのである。三月三日は耳の日からやがて「サルサの日」に昇格だそうだ。あぁ、書いているだけで頭を掻きむしりたくなる。

しかし、そういうことがいいたいのではない。「ロックの日」のことだ。そうやって、市民権を得て、ロック愛好者は今や軽音楽愛好者といってもいいような骨抜きになってしまったのだ。

市民権を得たロックはロックじゃないよ。プレスリーもビートルズもジミー・クリフ、ボブ・マーリー、皆様、反逆のエネルギーを世界にぶつけてきたのであって、生きるか死ぬかという覚悟がなければ、ロックはできないよ。ロックに限らずアートは死を覚悟してやるんだよ。評価されようとか考えずに……爆発とでもいうのか、ほら、「芸術とは爆発だ」といった先人がいただろう。あれ以上、ロックを表現した言葉はないだろう。要するに、思いきりの度合いか。……ん？　ということは、民謡をぶち壊してもいいわけだな。……そう、死を覚悟すればね。先人の怨念をもろにかぶるくらいの覚悟は必要だろうね。しかし、また、喜ばれるかもしれない。そう、やってみなければ分からない。

好きなようにやれ！　この世は夢だ。

宇宙望遠鏡

おれが味気ない駄文をつらねたところで、まったく世の中は、どうってことないんでね、当たり前のことだけど。お遊び、そう、お遊び。銀河はいつでも誕生している。人間の生き死になんて可愛いもんだよ。

ＮＡＳＡのハッブル宇宙望遠鏡が、地球から約五九〇〇万光年彼方の銀河内の星の誕生を撮影した、と。まったく、信じられない話だね。五九〇〇万光年の向こうの出来事だよ。ま、おれの頭の中では、見えないことではないけど、しかし、現実に撮影に成功などとは考えられない。

しかし、そういうことを言いながら、「ほう、ほう、そうなの、ぅん、ぅん、そうだろう、宇宙はそうなんだよ」と、新聞記事は素直に見るのである。

先人の遺産は誰のもの

民謡をポップス調でやろうが、ロック調にしようが、いわゆるリメイクというやつで、これは、つまり、オリジナルの枯渇ということでしょう。自分のものが作れないから、昔のものに頼ったり、先人の労作に手をつけるのである。しかし、こんなことで、本当にいいのかね。

民謡を思うがままにアレンジし発表するのも、目のつけどころがいい、といえば聞こえもいいけど、しかし、虫のいい話ではある。

「次は、多良間の八月踊りを考えているんですよ」

「え？　どういうこと？」

「八月踊りの中から、いくつかアレンジして出そうか、と……」

「え？　でも、八月踊りは、国指定の重要無形文化財になっているから、何か許可が必要になるんじゃないの？」

「いえ、関係ないです。やる時は、もちろん、挨拶に行き一応お願いはするんですけど」

「それは、君、御獄《うたき》にも拝んだほうがいいんじゃないの。八月踊りは奉納芸能の形をとっているんだろう？　神さまにも、挨拶はしておいたほうがいいと思うよ」

「ええ、そうですね」

原初の唄は民謡とは呼ばれていなかった

宮古民謡は、もともと、何の伴奏もなく謡われていたわけだから、三味線の伴奏を入れようとなった時は、原点を汚すというのか、オリジナルが崩れるというのか、反対した人はいたと思うんだよね。

ところが、今は、三味線の伴奏で謡うのが、宮古民謡として定着しているわけだから、それが、最初からのスタイルであるかのように錯覚している。あるいは、また、ピアノなどで音を拾い、五線譜に乗せ西洋音階にすると、土着の微妙なメロディーとはまったく別の音楽になってしまう。

時代とともに、長いものには巻かれ、地方は中央に組み込まれ、地域は消失していくわけだから、全ては変化をとげ、民謡古謡にしても、現代風なアレンジとか手を加えてみたいという人間が現れれば変わっていくしかない。

人が増え、時間と距離がこれほど狭められた時代になると、加速度的に物事は進み、いつかは地球の寿命とともに、きれいさっぱりなくなることを思えば、好きなように勝手にやれ、というしかない。

古典音楽小論

古典といっても、琉球古典音楽（琉球王朝の宮廷音楽、以下、古典と略す）のことである。くわしい説明ははぶくので関係者しか分からないような部分もあると思うが、こういう発言も必要だと思うので先へ進めてみる。地域限定、分かる人は分かる。分からない人は、当然、分からない。

いつか古典音楽論をまとめてみようと思っていた。古典の偉大さと愚かさと。古典の中でも三線《さんしん》音楽のことを書こうと思っていた。ヤマト文化圏でも沖縄民謡三線音楽が市民権を得て、カルチャー・センター民謡三線教室などが、結構な賑わいだと聞く。古典という窮屈で重厚華麗なジャンルに出会う人もいるだろう。

私が日頃、考えていることは、たとえばヤマト人が初めて古典、特に三線独唱に接した時、心を動かされるほどの感動を覚えるかということなのだ。これはヤマト人に限るわけではないが、琉球古典とはこういうものです、と、初めての人に披露できるほどの音楽的な内容を古典独唱者が有しているのか、ということである。

たとえば、タイムス芸能祭などで、琉球舞踊の場合は分かる分からない、好き嫌いは別にしても「一度、ご覧になってください。いいですよ」とすすめられるが、古典音楽独唱となると、どうだろうか。巧拙にあまりに差があり、まず工工四（譜面）どおりに正確に歌おうとすることが優先され、肝心の声が出ていない。人に聞かせる歌になっていない。古典の愛好者、というのは、分かり合う同好の士が集まり、譜面どおりに歌っているかどうかを確認し納得する集団になっている。これは、とても危ういことなのである。何が危ういかといえば、つまり、独唱で聞かせる力量がないと、古典の本質は伝わらないからなのだ。

古典団体の発表会といえば、毎度ワンパターンの斉唱に始まり、舞踊をはさみ地謡《じかた》で時間をかせぎ、これまた毎度お馴染みのいくつかの独唱曲で終わる。その独唱もマイクでごまかし、会場隅々に届くような声ができていない。だから、関係者経験者の分かり合う独唱にとどまり、初めて聞く人の心を動かすほどの技量力量になっていない。古典を学ぶ一人一人が、やはり、独唱のための発声を鍛えなければ、古典はいつか審査のためだけの分野に堕していくだろう。

古典は本来、聴くものを魅了するように謡《うた》うことができるはずなのである。

古典は声を聴かせる「アート」であるべきなのだ、と私は思う。その次に技巧があり、斉唱があり、とくるべきなのであるが、現在の古典の姿はその逆になっている。（伝承される）声楽譜どおりの正しさでのみ謡《うた》うことにこだわるあまり、古典本来の姿である「声づくり」が二の次にされている。古典は声をつくり、独唱力を鍛え、伝統的な正しさで謡えば、人を魅了する「アート」になり得る。

「アート」とは何ぞや、と問われれば、無私の高み、自在の境地と答えるだろう。夢で会えるものなら古《いにしえ》の名人に会ってみたい。その独唱の極みをきいてみたい。

月ぬ清《かい》しゃ

奈々子はレンガ色がよく似合う。この娘はヨーロッパの秋の色だ。

「……日曜日に、元ちとせ、テレビに出てたね」

と、休憩室の上がり口のところに腰をおろし、飲み物を口にしている奈々子に声をかけた。

「ええ、観ましたよ。……すごいですね。あのほうがいいですよね」

「あのほうって、……テレビのほうがってことか？」

「プロモーション・ビデオよりテレビのほうがいいですよね。……パリまで行って録音するんですから、すごいですよね……」

裏声を巧みに使った独特の歌唱がヨーロッパのミュージシャンに評価された。パリでの元ちとせのレコーディングの様子が放映された。

「裏声が奄美民謡の特徴だからね」

「沖縄民謡は裏声は使わないんですか？」

と、奈々子がきいてきた。

「いや、そういうことはないだろう。宮古民謡では裏声は使わないけど、沖縄本島では嘉手苅林昌も裏声を使って唄うし、りんけんバンドの上原知子も裏声を巧みに使っている」

と、私は話した。そのあと、彼女が沖縄民謡の譜面はありますか、と訊くので、私の持っている沖縄民謡集をかしてあげることにした。

「月ぬ清《かい》しゃ」を覚えたいといっていた。

ついでながら、沖縄民謡は、本島周辺のいわゆる沖縄（琉球）民謡、南に下り宮古民謡、さらに南に下り八重山民謡に大きく分けられ、「月ぬ清《かい》しゃ」は八重山民謡の代表的な歌曲である。また、美しさを表現する言葉は地域で発音に違いがみられ、（沖縄本島）首里那覇言語圏では「美《ちゅ》らさ」、宮古地方では「美《かぎ》さ」、八重山地方では「清《かい》（美）しゃ」となる。

古賀メロディーを知らない日本人

ひとつの新聞記事——

……ふむ……この方はクラシック畑の人だけど、演歌のすすめを説いているようだね。……なるほど……。

「日本人は古賀メロディーすら知らない。いいかげん、西洋コンプレックスから脱却し、日本の歌の再発見を！」

と訴えているのだそうだ。奇特なお方だ。それで……ふむ……。

「日本人は、古賀メロディーすら知らない」という。

よくいうよ。そんなに彼方に葬り去られたものなのかい、古賀さんのメロディーは。おれもカラオケでよく歌うし、NHK思い出のメロディーでもよく聴くんじゃないの。古賀メロディーってのは、日本歌謡史に未だに燦然と輝き、その評価は確固たるものがある。「知らない」というのは、どういった世代のことなのかな。

「世の中を見回すと、クラシックだけが高尚で、ポピュラーは低俗だって意識が強すぎて……」と続けていう。

これも、また、よくいうよ。そんなこと今時思う奴がいるのかよ。どの程度のレベルの人間とつき合っているのかね。それは、あなたの出発がそうだったから、そう思っててんじゃないのか。そんなこと思ってんのは、あなたの周囲だけじゃないの。信じられないね。こういう価値の多様化の時代だ、あらゆるジャンルで、コラボレーションだの、異分野交流だのと、フュージョン・ミックスと盛んにいわれている時代だよ。津軽三味線でジャズのセッションに参加、尺八のニューエイジ、山下洋輔と沖縄三線《さんしん》など、聴いたことある？

「演歌についての音楽的な分析もない。……調べてみると……」

研究してんだろうな。大層な研究だ。音楽は聴いて感じなさい。楽しみなさい。分析もいらない。調べることもない。

「解剖してみると……」

だから、解剖するなって。

「仏教の声明の旋律型と合致していることがわかったんです」

ほらほら、そういうところに権威主義的な考えが顔を出す。すると、何か、声明の旋律に合致したから、演歌に価値があるっていうことなのか。そんなことじゃなくて、聴いて感じろよ。聴いてよけりゃいいんだろ。ハートに響けばいいんだよ。

知り合いの、そのウィーンのアンサンブルの方たちは、「古賀メロディーを聴いたとたん、きれいだ！」っていったんだろう。「それは、もうたいそう喜んでくれた」と。実に素直じゃねえかよ。分析も何もない。「聴いたとたん」だから。

「きちんと音楽的な評価をしていない」

……？　していますよ。あなたが知らないだけ！　芸大で何を勉強してきたの？

変わった人だなぁ。

驟雨、明け方にあり

夢を見た。思いどおり思いつくままにやれ（書け）ということらしい。そうすることから、自ずと道すじも見出せるということのようだ。何か象徴的な夢だった。明け方に雨があり、雷鳴がとどろいた。

ここに書いてあることは、どうでもいいことばかりである。消えゆく幻想、束の間の映像である。どうでもいいことを、こうして紡いでいくことに何の意味があるか、と。……意味はない。しかし、意味がないから紡ぐのである。何も意味はない。意味のあることなど、この世にはない。

しかし、そういう考えのもとは何なんだよ。……何なんだよ、ったって何なのかね。脳ミソだろうね。彼方と通じ合っている脳ミソだろうね。その脳ミソはお前ののだろう。……うーん、分からない。私のようでもあるし、私とはまったく別の動物のようにも思える。これだけは分からない。

脳ミソなんて誰に操作されているかどうか分からんぞ。なぜ、言葉が勝手に並んでいくんですか。書いている本人が分からないのだから、つまりは、誰かに書かされているわけだから、宇宙への扉を握っている脳ミソの謎は私にも分からない。

しかし死して後、脳ミソが消失しても、意識は残るというからな。いや、これも死んでみないことには分からない。分からないことだらけだね、生きている間は……。

すべての哲学、すべての形而上学、すべての神学は、大悟した人間に言わせれば、マインドの病気、マインドの痒《かゆ》みだ。あまりかきすぎると、自分自身のマインドから、身体から、血が出てくる。それは病気だ。思考とは、悟った人々に言わせれば、ひとつの病気だ。（ＯＳＨＯ《オショー》『ノーマインド　永遠の花々』壮神社）

しばらく、読書が頓挫していた。『ノーマインド　永遠の花々』が目に入り、手にすることにした。なぜそうなったかは分からない。以前に一度読んでいた。ぱらぱらめくり、右に書いた箇所が目に入った。また読んでみようと思った。最終頁には「空っぽの鏡・馬祖」の紹介があった。その「空っぽの鏡・馬祖」は第一章を読んだのみで、先に進むことはなく、『ノーマインド　永遠の花々』を再読することにした。しかし、やはり、すごいね、この人は。……ん？　人と言っていいのかな。……洞察、理解、自覚、そして一撃……おれが今太刀打ちできないのは、ＯＳＨＯ《オショー》だけだろうね……？　……ん？　ん？　……、おれ、何か言ったか？　いや、まいった、夢のお告げがあったからって……よく言えた、というか、よく文字にしたっていうか、いや、いや、すごいのはお前だろう。あのＯＳＨＯ《オショー》、二十世紀最大の覚者とまでいわれた、あのOSHO《オショー》を前にして、おれの、今、太刀打ちできないのは、と……あぁ、ら……りるれろぉぉぉ……？　……、と、いや、何というか、開いた口が、塞がらん、と、いう……実際に、経験したのは、いや、こんな、新鮮な経験は、二度と……いや、なくても、いいけど……あちゃ、ま、ま、ま、そう、よく言ったものだよな。ま……な、いいじゃねぇか、こういうバカを言ってみたいのよ。根がバカだからな。言うのは勝手だろう。本気でそう思ってんだからよ。イヤなら相手にしなきゃいいのよ。はい、本を閉じて、ゴミ箱へぽい。大いに結構。しかし、ここからが面白くなるんだぞ、と。どこかで一匹狼が遠吠えしてると思えばいいんだよ。大したことじゃねぇよ。んなことよりもっと大事なことがあるだろう？　世の中にはよ、と。……それで何だ、このお方、ホンマ、禅が似合うね。やはり、禅がぴったりだ。これは、鋭い一撃。禅の話だ。禅機、これは、まさに禅機だ。喋りすぎるな。ただ、禅を味わうことだ。……といいながら、お前、書きすぎだよ。……はい、かきすぎです！

　かきすぎて　ひだもすれます　はひふへほ

「かきすぎて、ズボンのひだがほころび、夜なべする母に心配をかけてしまったものだな」と息子の母への思いやりが感じられる一句。
秋の夜、じっくり読むとさらに味わい深くなる。現代の青年にぜひ読ませたい。

かきすぎて　てぃしゅまるめて　なにぬねの

「かきすぎた結果、てぃしゅがまるまってしまい、何をしていいか分からないほど途方にくれてしまったことだよな」と青年のほとばしるエネルギーと苦悩を表現した激句。

かきすぎて　かねもなるなり　らりるれろ

「かきすぎるほど手伝い、金もなるほどに貯まってしまった。ららら、と鼻歌も出るほど楽しいものだよな」と、ほとんど意味のない難解な一句。なるほど、考えすぎは、マインドの病気だ。痒《かゆ》みを引きおこす。頭を掻《か》きむしりたくなる。

「何だ、これじゃ、いくらでもできるぞ、おい！」
「老いとは、おい！　何だろうかね」
「老いには、まだ、追いついていないから、わかりません」

人有れば蝿あり仏ありにけり　（小林一茶『文政句帖』）

要は、ただ単純に、ここにいることだ
（OSHO《オショー》『ノーマインド　永遠の花々』壮神社）

なるほどね、やっぱり、そうだよな。これは、いいことを聞いたね。そういうことだよな。

開いては書き、また閉じては離れ、その合間にものを読み、と過ごしているうちに、一日も過ぎていった。窓を開けると、東の風が心地よく、時々、隣の建築現場で物を燃やす臭いなども混じり、「あぁ、おれたちも家を建てている時は、こうやって、隣近所に迷惑をかけていたんだな……」と反省と感慨にふける時もあった。

世間の動き

「人はなかなか悟れないものである。悟りに至らないものである。自覚なんてほど遠い」と、ふと思った。

いや、私が悟っているというわけではない。結局、人間はいつまでたっても、悟りには至らないだろう。いや、そもそも、悟れないようにできているのではないだろうか。OSHO《オショー》は、今、どこにいるのだろうか。……と、他愛ない考えが頭を駆け巡る。

自分の老後などを、ふと考えると、金などはない。慎ましく生きるしかない。身体に気をつけるとして、あと二十年は何とか周りに迷惑をかけずに生きられるだろう。逝く時は、さっぱりと逝くと心に決めていたところで、決めたとおりになるかは、神のみぞ知るだ。私とて、ぐずぐず文句不満をいいながら、しぶとく生き延びて、人に迷惑をかけるような老人になるのかもしれない。

……などとは考えないことだ。何がいいたいのか。

「……終わってみりゃ、何もなかった。最初に戻っただけじゃねぇか……」と山田風太郎がいった、あの感じがいちばんぴたりとくる。

はるか彼方から、あぶくの上に頼りなげに浮かぶ、ひとつの丸い塊、つまりは地球という生き物がはっきりと見えるなあ。……そういうものだ。空しいものなのである。ま、死ぬまで生きるしかないが、いつもの結論になるが、なるようにしかならないということである。

いろいろあったが、死んでみりゃあ、なんてこった。はじめから居なかったのとおんなじじゃないか、みなの衆。

（山田風太郎『人間臨終図巻』徳間書店）

日々、笑止なり

三線入門。琉球古典にしても民謡にしても、レパートリーってやつを増やしていく過程が楽しいのであって、その後は、マンネリを感じるかどうか、感じない人間は鈍いということで、ただ、それだけのことである。

forever なものといったところで、そんなもの、あるのかなぁ。

この世で、唯一、繰り返しでないのは「自分」だけ。自分という存在は日々変化していくわけだから、変化していく自分が何かをやれば、それは繰り返しではなくなる。という理屈になるんだけど、しかし、譜面は同じものであり、一度創られたメロディーは変わらない。

つまり、「自分」という人間の持つ感性は、日々変化していくわけだから、その感性が感じ取る旋律は、やはり違ったインプレッションを与えるはずである。

何がいいたいか。おれにも分からない。どうも、脳ミソ受信装置の感度が悪いな。バッテリーの補充が必要かなぁ。M・オメガ星から来てもらおうかな。コスモ・ドクター・カオスに頼んでみようか。

何というか、マンネリだね。飽きるね。まったく飽きる。「日々新生だろう？　飽きるなよ」といわれても、飽きるね。これは、もうどうしようもない。

ＣＤも一回聴けば充分、ドラマも一回見りゃ充分、何を好き好んで、二回も三回も見る奴がいるかと呆れるよ。歌詞なんて覚える気にならないよ。カラオケも騒ぐだけ、一度行きゃ充分。何でも一度で充分。ほんと、前世なんてあったのかね。信じられないね。来世も信じられないね。一度で充分だよ。己の生を味わい尽くさないから、前世がどうの、次に生まれ変わったら、なんていうんだよ。

分からないね、さっぱり分からない。流れる雲だけがいいね。

世の中、実に……どうも……、う〜ん、溜め息。何で、こうもバカバカしいのかね。どうにもならないね。政治家から、どうにかなってくれないかね。どうしようもないよ、と思いながら生きることの、この身の辛さ、なんてね。

しかし、てめえだけいい子ぶってよ。お前から、まず、いなくなったほうがいいんじゃないのぉ……って……はいはい、そのうち消えますよ。ヒマラヤあたりにテレポート、いや、あの、ほら、地下の、何ていった？　ほら、地下の、王国、大国……いや、ど忘れだ……こういう時出てこないんだよな……あの、ほら……シャンバラ*
……そうシャンバラだよ。そのシャンバラにね、瞬間移動しちゃうよ。


*シャンバラとは、インドのヒンドゥー教からチベット仏教に伝わったとされる理想郷のことだといわれている。近代では、神秘思想家らが関心をもったとされる。さらに地球空洞説な

どから、地下にあるのではという説もある。地上への出入り口もあるとされ、UFOの目撃談などもまことしやかに流れている。

スモーキング・ブルース

おれの人生にはタバコがあった。どうだい、これで。……いや、これだけは勘弁してくれ。注意してもらうのはありがたいが、今さら、減らしてどうなるものでもないだろう。……タバコは好きだね。止められないね。何でかね。自分でも分からない。しかし、今時、タバコも病気だってな。依存症っていうらしいな。なに、そんなこといやぁ、人間の日常どれもこれもが依存症だぞ、おい。まったくバカなことをいい出すよな。勝手にしろだ。おれも勝手にする。

おれの場合はじいさんだったな。じいさんとの思い出だよな。じいさんは大工でね、キセルをぽぉ〜んと叩いて、かっこよかったね。おれがじっと見ているもんだから、お前もちょっとやってみるか、なんてね、おれにキセルをくわえさせせんだよ。

ちょっと息吸ってみな、ってね。頭がくらっときたけどね、あれが原点だろうな。飯のあとなんか、いかにも楽しそうにキセルにタバコの葉詰めてね、うまそうに吸ってたね。粋だったね。

それから、おれたちの世代は、ジャン・ギャバンあたりになるかな。あの吸い方憧れたね。フランスのジタンかゴロワーズか何か根元まで深く吸い込むんだよな。吸い終わると、こう、指で弾くように捨てるんだよな。今は条例違反だからな。昔の映画みると、皆様大スターの方々、かっこよくぽい捨て、靴で踏みにじる、と、今は、もう、かっこつけてマネしようにも時代が許さないね。あとは、マックイーン、ドロン、ブロンソンか。「さらば友よ」、みた？　あのタバコに火をつけるシーン、しびれたね。タバコは絵になった。一時代の男のダンディズムとでもいうのか、タバコ一本で物語が作れたんじゃないか。

日本じゃ、おれは缶ピー一筋だな。今の若いのは缶ピーも知らねえからな。おじさん柿ピーの間違いじゃないの、ってよ。まったく時代だね。どこもかしこも禁煙じゃ、缶ピーも博物館入りの天然記念物だろう。缶ピーって缶入りピースのこと、知ってんだろう？　タール一ミリグラム軽さが違う。あんなのとは比べるなよな。のどをつく刺激がたまんないね。な、そうだろう？　あ、おめえタバコ吸わねえからな。健全だね。おれは生涯缶ピーにマッチだろうな。マッチも知らねえかな？　ライターなんて野暮なものは使わねえよ。……マッチを擦るあの間《ま》、マッチは両手じゃなきゃ使えねえだろう。ま、普通はよ。片手で点ける器用な野郎もたまにはいるけどよ、ま、普通は両手だよな。と、すると、自ずと、タバコを口にくわえマッチを擦ることになる。この間《ま》がね、いいんだよ。この間《ま》で詩も生まれるのよな。ま、気取ることもないけどよ。ほら、寺山なんとか、っていう競馬評論家がいたろう？　あいつの有名な句があるだろう。……マッチ擦るつかのま海に霧ふかし……ん？　……祖国は遠くなりにけり……だったか、いやいや、たまには教養のかけらもな……とにかく今の世の中、健全すぎて息がつまりそうだよな。どこか不健康な部分もあったほうがいいんだよ。そう思わねえか。おれの生きる時代も終わったってことだよな。ギャバン去り、マックイーン、ブロンソン去り……ん？　……ブロンソンはまだ生きてたか？よう知らん。最近は映画も見ねえ。ま、その死んでる奴は去り、そして、最後に残りしはこの吾か。タバコで絵になる男ってのはな。

……あぁ、人生短し、ふんどしゃ長し、流しの唄なら、小林旭、と。……分かる野郎には分かる。分からねえ奴には分からねえ、と。シンプルで実にいいねえ。

夜が、また来る。まぁ〜たをひろげてぇ〜、いいねえ……おっかぁ、飯できた？

お前、飯は？　なんだったら、うちで一緒に食っていかねえか。なに？　……夕飯は控えてる？　ダイエットぉ？　……青年は飯食わねえと成長しねえぞ。

格言・その一

亭主は九十四、妻は九十五、よくまぁ、二人仲良く（？）長生きしたものだ。そして、二人揃って老人施設に入所、夫婦部屋で過ごすことになった。

しかし、この亭主ってのが、とんでもない関白ジジイで、右の物を自分で左にもしない。妻をまるで女中のようにこき使う。最近は脚が弱ってきたものだから自分ででできることまで妻に命令する。妻も脚が弱っているので歩行器を利用しているのだけど、近いところは無理して歩こうとする。亭主に命令されたものだから、隣の亭主のベッドまで歩こうとした。長年の習慣で仕方がない。いわれたことをやろうとして、ちょっとしたはずみで転んでしまった。それでも、亭主は「大丈夫か？」なんて、一言もいわない。「早くやらんか！」。

ひどいジジイなのだ。妻が横から口を挟もうものなら、

「お前は黙っておれ！　お前に何が分かる！」

とひと吠え。まったくのくたばり損ない。

このジジイが入院することになった。なに、ただの神経痛である。本人は手術して治るつもりだから、図々しいうえにも、根っから性根が悪い。

「おばあちゃん、よかったね。しばらく、のんびりできるね」と周囲は思ったものである。しかし、そのジジイがめでたくご帰還、退院してくるのだ。

頼むよ。そのままもうしばらく病院にいてくれよ。……しかし……帰ってくるのである。また、悲劇が始まるのか。あぁ……、出るのは溜め息ばかり。

普通はですよ、亭主が先に逝き、妻のほうはせいせいした気持ちで最後の十年ほどは、のんびりと亭主の毒を洗い流してからあの世へと旅立つものです。

ところが、このご夫妻、ともに連れ添い……はるかなるかな人生行路、いつか来た道この道、きみと、あ〜あっ、たそがれて溜め息ついて、一緒に歩こう……、おばあ

ちゃんが可哀そう。

おれは家内に言ったものだ。

「大丈夫。おれが先に逝く。そうしたら君はのんびりと可愛い孫に囲まれ、子供たちに大事にされて余生を送るといいんだよ。生命保険、貯金そんなにないけど、土地マンション全部君のもの。墓参りもしなくていい。何もしなくていい。おれのことなんか、きれいさっぱりと忘れて、残りの人生を楽しく過ごしなさい」と。

そういうものだろう。亭主の存在なんて、そういうものだろう。わがままをした分、早く身罷《みまか》って妻を楽にさせてあげるものだよ。亭主は収入がなくなったら早く逝く。ついでにろくでもない年寄りも嫁に迷惑をかけないように早く逝く。

そうすると、世の中も平穏無事、恒久平和、安心立命、家内安全、謹賀新年……、これ余計。いや、めでたい。

格言・その二

しかし、人間ってのは、見事に無残に歳をとるものだね。何なのかね、これは。……何なのかね、といったって、これが自然というものでしょうね。

しかし、また、老木古木、枯れ葉にもそれなりの気品、美しさはあるのだから、老いたるとはいえ、人間も少しは美しくなるものだと思うけど、どうだろうか。

う〜ん、どうかね、人間はねえ……美しくないねえ。

ビッグ・バン

文明なんて、滅びるに決まっているんだよ。滅びない文明なんて、地球の歴史上、未だかつて存在したことがないんだよ。「ビッグ・バン」などと、宇宙の成長過程を表現するけどね、これは、まさに、成長であり増長なのである、と。

……ふむ、ふむ、そういう説は、既に誰か言ってるね。だから、何？

人間の一生も、これは、また、ビッグ・バン現象なのである、と。

……ふむ……いいね、たまには、いいこと言うんだね。

（こういうことを言うのも、おれが最初だろうな。すごいね）

成長し、増長し、その絶頂でエラぶっているところを、見事に老化という形で、人間はその鼻っ柱をへし折られるのである。文明から、その他諸々、人間が関係する社会現象全て、この「ビッグ・バン現象」の縮小版なのである。

……ぅん……はい、これは、新説だね。よろしい。

バブルという名の発展

つまり、発展というのは、全てバブルなわけですよ。発展、膨らむ現象はいつかは弾ける宿命というか、自然現象として膨らみ続けるといつかは弾ける時が来る。これ、当たり前。

文明もバブルである。人間の歴史で文明といわれるものは、全て崩壊している。たかだか二千年かそこら続いた現行の文明も、いつかは破綻、崩壊する。サービスも上を目指せば、いつかは破綻する。医療サービス介護サービスも、もちろんバブルであるから、いつかは破綻する。

三十四年ぶり、フォークの名盤

フォーク・クルセダーズという。略してフォークル。青春の一頁だね、といってもおれの青春じゃないよ。奴らの青春だよ。おれは勝手に奴らと張り合っていたんだよ。ビート・クルッターズといってな、略してビークルズ。おれらは最後に「ズ」をつけてな、ビートルズをも視野に入れてたわけだよ。さっぱり売れなかったけどな。思い出は多いね。いや、彼女がフォークルの大ファンでよ、おれたちより向こうのライブに行っちゃうんだよ。

おれたちのも復活とならないかね。いいのがあるんだよ。「我が祖国」といってね、

「星条旗よ永遠なれ」「君が代」それと、ほら、あれ、「白地に赤く、日の丸染めてえ、あぁ……」あの歌、この三つをうまくミックス、アレンジしてね、いい具合に仕上がったんだけど、如何せん、時代を先取りしすぎたんだよな。今、聴くといいぞぉ。傑作だと思うんだよね。

だからね、作品というのは作っておくべきだろう。いつ日の目を見るか分からない。三十四年の時を経て世に出るなど、ドラマというか、いい話じゃないか。

フォーク・クルセダーズのメンバーの北山修は某国立大学の教授をしてるっていうし、学生たちにも話題になり、新鮮な刺激になるんじゃないか。

おれも唐突に、「イムジン河」という唄があったよな、あれはどうなったっけ、と家人に話したところだったのだ。そうすると、NHK紅白歌合戦（'01・12・31）で、キム・ヨンジャの歌唱があったりした。あれを聴いて、フォーク・クルセダーズの「イムジン河」に思いを馳せた人は多かっただろう。

結局は、キム・ヨンジャの紅白での歌唱がきっかけとなり、名盤の復活となったのだろうから。

下世話な話になるが、やはり、印税は入るのだろうな。これは間違いなく売れるでしょう。おれも手に入れるつもりだ。昔の彼女のためにな。思いがけない印税というのはいいものだよな。だからね、何かを作っておくってことは、アーティストは水物とはいえ、芸は身をたすく、だな。

ペンによる活元運動

活元運動。気功でいう自発功。くわしい説明ははぶく。知らない人は、インターネットで調べるといい。これ便利。

物を読むのも面倒くさい。こういう時は書くに限る。まったく書く気にはならないといっておきながら、本日は書くに限るか。この変わり身の早さ……ん？　……速さ？　……どっちや。どうでもいい。どうでもいいよ。そんなこと。ごちゃごちゃいわんと、書くに限るなら、早いとこ書いたらどないや！　だから、書いとるやないか。ま、こうやって、いつのまにか関西弁になって、何かに書かされているうちに、まともな文章を紡ぐようになってくるんや。な、こうしているうちに別の何かが降りて来て、ひとつのまとまりを持つようになってくる。

……そうそう、やっと普通になってきた。分かる人は既に分かっていると思うが、この人間の脳ミソは、何かの指令を受けて、その行動、考え、思索をコントロールされているのである。つまり、脳は単なる受信装置ということだ。アーティストといわれる連中は、もう既にそのことをはっきりと理解している。自分がアートを生み出したのではないということを。みんな、そのことに気づいているんだと。「なぜ、このようなことができたんだろう。これは、自分がやったのではない。何かが降りて来たんだ。自分は、その仲介となっただけだ」、と。

うん、いいことをいうね。それは、まさに、そのとおりなんだけどね。……そう、そのとおりだよ。書こうとは思わずに、ペンの向くまま、手の動くまま、ただ、彼方からの誘いになすがまま、自分という存在をあずけたらいい。虚心になり、あずけたらいい。そうすれば、作品は自ずと生まれてくる。

しかし、おれのあずけ方がまずいのか、その物語のエンディングがなかなか出て来ない。もう、十年にもなろうとしている。こういうことは、降りて来る側の都合としてあるのだろうか。……あるのだろうか、って、お前バカか。あるから、降りて来ないのだろう。未完の大作になるかもしれんぞ。よくあるだろう。未完のまま歴史に残る傑作が。お前のものもその類だろう。来世に引き継がれる大作かもしれないな。ま、楽しみはあとに残しておいたほうがいい時もある。

しかし、何が面白いのか、駄文が続くね。「駄文は続くよ、どこまでも……」、これを、線路は続くよ……のメロディーで歌ってみてください。

しかし、また、話は変わるけど、どうしようもない、手に負えない老人どもは次々と生まれてくるね。特に認知症のね、老人ね、何だろうかね、これは。とんでもない時代になっていくね。「ね」が続くね。これは、だから、根が深い、ということをいいたいわけさあねえ。しかし、これに解決の糸口はないだろうね。人が自らの自然を悟り、死期を知り、命を悟ることがなければあらゆる老人問題の解決はないだろう。

OSHO《オショー》は、この老人問題をどこかで語っているかね。どういうふうに言っているか聞いてみたいね。OSHO《オショー》の老人論。恐らく、おれと同じ視点だと思うよ。「死ねない人間が愚かである」。そんな単純か。……はい、単純です。物事は自然に倣い、単純に考えるのがいいのです。生まれたら死ぬという、この事実、この事実を忘れるから、惨めな社会が形成されていくのです。人間以外は、自然のままに潔く去って逝く、ということの現実を子供たちに教えなくてはいけません。死を忘れようとする社会は惨めになるだけです。

時が来れば、去る。風のように去る。これですよ。これ。千回もこれ。これ以上の真実はない。これしかない！

これしかの　しかとおもへば　うまだった
ままうまづらの　うまとなるかな

だから、創作の本質とはレスポンスである、と。周囲にレスポンス、記憶にレスポンス、筆もレスポンス、進むままに進める。全身の無駄な力を抜き、言葉の溢れ出てくるままに、ままよ、と書き進めれば、何の遠慮がいるものか。人生とは、束の間の即興演奏ではないか。好きなように自然にレスポンス、己の自然を全うすればいいだけの話である。そう、単純にそれだけのことです。

束の間の即興演奏、いい表現だ。食い物がなければ、食わなきゃいい。雨露をしのぐ場所、起きて半畳、寝て一畳、これだけの場所があればいい、と。あとは水と空気とお天道様か……。人間、何とか生きていけるもの。深呼吸をしましょう。それで、充分です。

聖夜、いいかげんにせいや！

イブの夜、世にクリスマス・イブという。この日ばかりは日本中、いや、世界中がクリスチャン。わけの分からないイルミネーション、「ジングルベル」の「きよしこの夜」のと、世界は平和になるんだよ。日本も平和だよ。ま、いいですよ、皆さん、それで気持ちが落ち着くのなら。どうぞ、「オー・ホーリー・ナイト」でも歌ってくださいよ。いいじゃねえか。ひねくれるなよ。子供も喜んでいるんだしよ。みんなが平和になるんだよ。この時ばかりはよ。老人ホームで人生初のクリスマスを経験する農家のおばあちゃんもいるんだしよ。

聖夜本番、世にクリスマスという。どういうわけか、多くのクリスマス・ソングが流れる。イエス・キリストそっちのけでメリー・クリスマス。実に騒々しい。特にクリスマス・ナイトは若いカップルに人気があるという。本当か？　いや、くわしいことは知らない。

　しかし、そういう他愛ないことで、世間の人間どもが幸せな気分に浸れるのであれば、それはそれで、おれが文句をつける筋合いのものでもない。至極当たり前。しかし、ディズニーランドに押しかけ、大きなツリーに満足したり、浮かれついでに、辛口のオヤジどもまで、若い娘とケーキをほおばる図なんぞを見ていると、年中クリスマスであれば、世の中平和かなぁ。

……おれは知らん。好きなようにやったらいい。人口爆発で身動きのとれないような地球で、さりとて、宇宙への脱出はまだ現実的な話ではない。まるで満員電車のように、肩が当たったからどうした、見たくもない顔がすりよってきた、イヤらしいオヤジが尻を触った、と、我が宇宙船地球号もストレスの暴発しかねない船内状況ではある。……しかし、おれは知らんよぉ、おれは知らん。おれに話しかけないで……おれは知らんかんね。ま、行くところまで行かないと、愚かな人間どもは目覚めないから、行くとこまで行ってよね。おれは知らんよぉ。

宇宙人と呼ばれるS選手

「大リーグで活躍するよりも、人生を楽しみたかった。お金を稼ぐために生きていないから」という。

ベスト・ドレッサー賞にも選ばれたとかで、「野球でもらうより、嬉しい」だの、「プロ野球選手っぽく見えないのは嬉しい」だのといろいろと語録を生み出す。しかし、お前バカだなとはいわないまでも、ヘイワな方だと呆れて、開いた口が塞がらない。

だって、Sさん、あなた、野球では賞はもらえないだろう。大体、プロ野球っぽいってのは、どういう、……あれなの？　力士じゃあるまいし、髷を結っているわけじゃないんだからね、一見しただけでプロ野球選手なんて今時いるのかよ。茶髪金髪あり、長髪あり、皆さん、今はおしゃれだよ。昔みたいにスポーツ刈りなんて、まず、いないんだからね。

結局、Sさん、あなたは、向こう受けを狙った言葉のパフォーマンスを繰り返しているだけじゃねえのか。

「お金を稼ぐために生きていないから」なんて、本当か。しかし、阪神のギャラよりも、大リーグの名誉を取ったんだろう。金も名誉も、つまるところ、同じ穴のムジナだよ。文化勲章を蹴って、高額で何倍も名誉なノーベル賞をもらった作家もいるしな。

談志を読む

『談志遺言大全集　書いた落語傑作選』第一巻―九巻を読む。声に出して読む落語。これは、また、違った世界がある。出口王仁三郎の『霊界物語』を読む雰囲気にも似ている。談志、この男は異質である。特種である。そして、もうすぐ死ぬかもしれない（執筆時二〇〇二年）。談志が談死になる。自分でいっているのだから、そうだろう。何にしろ、ガンだっていうから。覚悟を決めて破れかぶれ、しばらく目が離せない。といっても、おれの目の届くところにいるわけではない。異端の異端、異種変種、最後の変人、終末の反逆児、ハルマゲドンの芸人、しかし、また、こういう言い方も面白味がない。「落語家」というのが、いちばんふさわしいか。

声に出して落語を読む。自分の中に妙な変化が起こっていることに気づく。言葉が澱みなく出てくる感じがある。古典落語に談志が少しアレンジを加えてあるようだが、しかし、この江戸言葉のリズム構成というのは、その奥に不思議なエネルギーを宿しているね。不思議だよ、これは。おれの感性が、その奥の妙なものを掴みかけている。これは、不思議な出会いである。

内容は落語噺の会話のやりとりだからね、読みすすむのに思考のエネルギーはいらない。しかし、落語である以上、飛ばし読みはいけない。一語一句、正確に発音しなければ、とはっきりと声に出し読んでいく。通常の読書とは違う、妙な感覚がある。妙なというのは、脳がトレーニングされているというか、身体に言葉が入り、身体を一周してくるというのか、心身を鍛えなおされている妙な感じがある。

これなら「声に出して読みたい日本語」ならぬ、「声に出して読もう談志の落語」でもいいんじゃないかね、となる。これは、誰かいい出すかもしれんぞ。今までにない感じ、新鮮。『談志遺言大全集　書いた落語傑作選』全巻を読み終える頃には、おれの中に、どういう変化が見られるか楽しみである。
いや、これは、面白い。思考が談志の落語調になってしまい、その波長に合う本が、なかなか見つからない。岸田秀『二十世紀を精神分析する』の残り部分を読もうと思ったが、テンポが、どうも合わない。困ったものだと思いながら、山下洋輔の『ドバラダへの道』を開いてみた。すると、これが、今の波長にぴったりなのだ。それもそうだ。山下は大の落語好きなのだから。山下の文体は落語からインスパイアされているのは明らかである。

というわけで、長いあいだ落語のファンであることはまちがいない。しかし、今はときたまそのような体験はあるにせよ落語は観念の世界のものになっている。と言うかほとんど思考方法の一部になっているような気がする。たとえばこうして文章を書いているときでもアイデアがないときに落語の口調を思い出すと何となくうまくいく。

（山下洋輔『ドバラダへの道』徳間書店）

笑いについて

「笑いも時代とともに変わる」。これは確かである。「笑い」の要素も個人によって違うものだ。どこが面白いといったところで、それを面白いと思う人間がいて、それが時代の笑いであれば、その笑いを分からない人間が「面白くない人間」なのである。「たとえば、お笑い番組、どこが笑えます？　おかしくも何ともない」と識者はいう。確かにそうだ。おれの感覚もそう思う。しかし、「おかしくも何ともない」といっている人間の笑いが「笑いの基準」である必要はどこにもない。時代の笑いについていけない人間こそが、その時代では笑いを分かっていないのである。

時代は常にその時代を酷評する少数の人間とともにあった。酷評する側は物事を判別することのできる有識者であるかもしれない。鋭い指摘をその時代に投げかけるかもしれない。後年、その指摘は時代の先を読んでいたとして評価されることだろう。しかし、いかに酷評されようとも、時代は一人のまたは一部の狂人とそれにうまく煽られる民衆によって動いてきた。時代が、狂人と民衆の選択を誤れば、時代は誤った道を歩くことになるかもしれない。しかし、人間の歴史はそうやって時代を刻んできたのだ。まともな時代などなかったのだ。

生まれたものは死するのが定め。人間の歴史もいつかは滅亡の名のもとに幕を下ろすことになる。時代の笑いなんぞ、どうでもいい。愚かな人間は切ない笑いに時を忘れ、いたずらに時を過ごすのだ。それが時代を過ごす唯一の道かもしれないからだ。

『立川談志遺言大全集』十二巻を読む

談志も「時代の笑い」を常に考えてきたようだ。「落語とは人間の業の肯定」と談志はいう。人間の心の底に潜む、どうしようもない本音とでもいえる部分、これに笑いを誘う「時の空白」をつくり、聞く者に衝撃を与える。これなのである。落語の機知は禅の一撃にも似ている。しかし、稀なことなのだよ、これが。

たかが知れてる

つまり、脳ミソの中にいろいろな部屋があるわけだよ。おのれの脳ミソ（?）ではかり知れないような、部屋があり、その部屋の中には、これまた、いろいろ様々な資料というか、資源というか、アイディアというか、異界への入り口というか、ま、そういうものがあると。それで、その部屋のドアというのは、まったくの自動ドアで、何かの拍子に開くという仕掛けになっているわけでね。

しかし、その何かの拍子というのが、その脳ミソの持ち主である人間には分からない。自分ではどうにもならない。そういうことでしょう？　しかし、もし、そうであれば、馬鹿みたいな話でね、おのれの力、思惑ではどうにもならない脳ミソを持っていてだよ、おのれがその脳ミソで思考しているつもりになって、しかし、何かの拍子に、その脳ミソがどこか別の回路に一時的に繋がり、未知の扉が開き、異界と通じることもあると。はたと思いつく、虫の知らせ、インスピレーション、閃きとか、ま、高度な話になれば、啓示を受けるとか、そういうことだろう？

しかし、そうなると、どうなのだろう、つまり、何かの成り行きで、そのドアが開くということなのだが、それも、また、成り行きだから、何かの拍子をとってくれるどこかの存在の気分次第、ということになるんだよな。

……う～ん、こんな感じかなぁ。とすると、人間って何なのよ。

まァネ、別に判ンなくってもどうということはない。人間なんて、ほとんど識《し》らない、知ってない。〝だから識《し》ろうとするんだ〟ってえけど、くどいようだが、たかが知れてる。

（立川談志『談志ひとり会　文句と御託』講談社）

まぁ、談志も……世の中の馬鹿々々しさをよォく分かっている男なんだよな。これは「まるでおれ」という部分もある。しかし、相手は天才だからなぁ……。

ま、人生なんて、そんなものか、片付けているような人でも、本当に片付けているのかネ。どっち道、死ぬことは確かだし、間違いなく全部《みんな》死んでいくのだから安心だ。

あとは後のことだ、きっとガンになる。ならなきゃ、生きてるか、自殺するか、いやその前に狂う予定である……。

（立川談志『談志ひとり会　文句と御託』講談社）

いやぁ、天才はちがう。さすがのおれもここまでは行かん。

無頼絶景

かつて、毒舌といわれた無頼の男がいた。……さ、来た、来た、あの大音声が……。

「こらぁっ！　でれでれしてんじゃあねえぞ。背スジ、ぴぃんと伸ばして！　何だよ、その格好は。アヒルのお散歩じゃねぇんだぞ。下っ腹に力を入れて、大地を踏みしめるようにして歩け。ブラジルまで足が突き抜ける、そのくらいの気持ちを持って歩け。それで、何だ、きょうは？　……介護について、話してくれ？　おれは、スカッと死んだから、そんなものぁ、関係ねえよ。……ま、寝たきり老人ったって、てめぇの問題だからな、そうならないようにするしかねえよな。それしか何とも言いようがねえじゃねえか、ん？　他にどうしろってんだよ。介護を受けないような老後を迎えられるように、己の生き様、死に様を生きている間にきちっと考え、そして決めて、周りにしっかりと伝えておく。それしかねえな。それしかね。

それしかの　しかとおもへば　うまだった
ままうまづらの　われとなるかな

……それで、いいか、え？　……じゃぁな。……何？　まだあるのか。……だからよ、昔、粗大ゴミとかいって物議を醸した男がいたけどな……ん？　……粗大ゴミっていっちゃ悪いのか？　今、禁止用語になってんのか。何抜かしやがんでえ。おふざけでないよ。おれは、かえってゴミの方々に申しわけがないと思って使っているんだよ。犬も猫も車に轢かれりゃ生ゴミだろう、似たようなもんだよ。何も人間様だけが特別扱いで威張りくさるこたぁねえよ。ゴミ処理場ってのか処分場ってのか？　ま、どっちでもいいけどな、ありがたいものだぞ。分かるか？　いらなくなったもの、邪魔になったもの、汚れたもの、何でも引き受けてくれる。作業する人たちも悪臭の中大変だよな。世の中で本当に必要とされるところってのはこういうところなんだよな。生活から排泄されたものを、引き受けてくれる場所があるから、おめえ、普通に生活できるってものだろう。いってみれば、ゴミ処理場こそ、おめえたち娑婆の人間どもの聖地といえるかもしれねえな。……何だ？　まだ文句あんのか？　おめえ、いちいち口うるせえ野郎だな。なに？　命の尊厳？　またまた、ふざけたこと抜かしやがって、んなもなぁ、ねえぇ！　てめえで尊厳を持って生きている奴だけに尊厳ってもなぁあるんだ。命が危うくなりゃ、尊厳ソンゲンって大騒ぎしやがって、てめえらの都合だけで間に合わせのソンゲンつくるんじゃねえよ。そういうのを臨時ご都合尊厳主義ってんだぞ。……？　……ま、あまり面白くもねえけどな。しかし、おめえら、どうするんだ？　尊厳死だ安楽死だと、未だに解決を見ないまま、何かことがあるたびにがたがたともめるばかりでよ、てめえのことだからな、てめえで最後は決めりゃいいんだろうが、どうにも往生際が悪いというか、諦めがつかねえというのか、それほど大事な命なら、繰り返すがな、普段から命を粗末にするんじゃねえよ。簡単なことだろう。

よく覚えておけ。死体が山と積まれて焼かれた時代もあったんだ。いや、今だって地球のどこかじゃ、そんなところもあるんだろう。贅沢いうんじゃねえよ。おれもいい時にクタばったからいうわけじゃねえが、クタばる時にきちっとクタばらねえから惨めな姿ぁ晒すことになるんだよ。他人に下の世話されるぐらいなら死んだほうがましだね。……？　……、いや、ま、おれはとっくに娑婆におさらばしてるんだがな、酷な言い方をさせてもらうぜ。介護の手が遅れりゃ、クソまみれになる覚悟も必要だぞ。……何？　口が悪いだぁ？　バカ野郎、それがいやなら、自分で立ってみろよ。立てないから世話になってる？　そういう奴に限って、『火事だァ！』となりゃ、立ち上がって真っ先に逃げ出すんだよ。本当に自分でどれだけできるのかやってみろよ。それで、どうしてもダメなら、申しわけありません。天からいただいたこの貴重な身体、自業自得でみっともないことになりました。世話をかけます。よろしくお願いします、ってな、いえなきゃしょうがねえぞ。

＊

しかし、世の中、何でこうも、甘ったるくクダらねえザマになっちまったのかねぇ。ボランティアだ老人介護だと、他人の世話をしたりされたりと、まぁ、惨めなことばかりを考えてよ。てめえのことはてめえで完結しろっていいたいよな。本当に必要な奴だけが、世話受けてよ。誰でも彼でもじゃ、世の中、そのうち潰れるぞ。

生活のニーズだ、クオリティ・オヴ・ライフだとかよ、わけの分かんねえ横文字ばっかり使いやがって。何、抜かしやがんでぇ。てめぇで解決しないまま、ズルズルでれでれと生きてくるから、他人にニーズだクオリティ何のかんのとクダらねえこと考え出させるんだよ。あぁ、ったく、何てザマだ。人間ってのは、この地上の生物でいちばん潔くねえな。え、スカッといかねえのかよ。しかし、おれも口が減らないね。あの世でも毒舌の限りだぜ。ええい、言いたくもなるだろうが、ええ、ビシッと、スカッと、バシッと、行けよ。あぁ、あの焼け跡のどさくさが懐かしいねぇ。あのあっけらかんとした抜けるような青空思い出すよな。みんな薄汚ねえ格好していたが、心はすかっと晴れ渡っていたよな。打ちひしがれてはいたけど、目はきらきら輝いてね。苦しい中にも明日を夢見ていたんだろう。人間、貧しいほうがかえって生き生きしてるんじゃねえのか。そうだよな。確かにそうだ。貧しいから本気で助け合おうともするし、粗食を『ありがとう』っていただく気持ちにもなるんだよ。貧しいから感謝も生まれる。何事にも一生懸命になる。物を大事にする。そうすると、自ずと環境も守られて、その自然の環境が人に優しい波動を送る……と、ま、柄にもなく少し癒し系になってきたけどよ……。その、な、人間はよ、豊かになるにつれて、大事なものを何もかも忘れちまうのよなぁ。まぁ、これは宿命だけどな。おめえらも気がついていると思うけどよ、止められねえんだよな。なくしてから気がつくってのが人間の宿命だからな。

＊

しかし、人間界は、もうどうしようもねえところまできちまったね。

多発テロだ何だと大騒ぎしやがって、ひと思いにどか～んと終わっちまって、ご破算で願いましては、になっちまったほうが、スッキリしてよかったろうに、また、大好きな戦争おっ始めようってんだろう。ホント、懲りない人たちだねぇ。もう、ほとんど幼児期から抜け出ていない。これ、ほとんど病気だろうね。地球はひとつの精神病院だ、といった奴がいたけどよ、まさにそうだ!

とご託を並べていると、なになに、NNNノン・ストップ・ニュースだよ。ニクソンが……いや、また、古いね、そのニクソンが……ベトナムに原爆を落とそうかといってたらしいな。テープだよ。録音テープが公文書館かどこかに残されていたんだよ。キッシンジャーが『それはやりすぎです』と止めてんだよ。おいおい、とんでもない連中だね。ブラック・ユーモアにもならないね。しかし、ホントに懲りないド阿呆やなぁ。人を何だと思っているのかね。為政者ってのはな、てめえの名誉と都合だけで、人は踏み潰してもいい虫けらか何かと思っているのだろう。てめえの兵隊までもな。ま、こいつらも政治という泥沼にはまっちまって、脳ミソがほとんどてめえの損得面子のモードでしか機能しねえからよ、ホント、怖いよなぁ。今だって、世界には狂気を背負って何をしでかすか分からねえ似たり寄ったりの大バカ野郎はうじゃうじゃいるだろうからな。こいつらだって、評論家かニュース・キャスターのモードだと、きっと善いことをいうんだよ。な、だからよ、人間ってのは、立場を与えりゃあ、それなりに気の利いたセリフを吐くんだよ。立場で言うことががらりと変わる。

それくらい人間ってのは、てめえの都合でどうにでもなる卑しい性根を持っているってことだよな。

と、いうことは、人畜に害のあるつまらねえ立場、ポジションをなくせばいいってことになるな。と……、政治をなくすか？　そうだな、あんなのぁ、いらねえよな。いらないね。そう、そう、政治はなくしましょう。政治家の先生方が動くだけで公害だものね。

日本じゃ、懲りない国会議員の先生がやりたい放題の末、ついに叩かれて風前の灯火か。金が貯まったいいところで止めときゃ、ボロも出ないですんだろうによ、これも懲りずに、己の望月は欠けることもなし、と栄耀栄華に悪酔いするから、ザマぁみることになるのよ。貧しさから叩き上げ立志伝中の人物とまでいわれた男が、ついに政治生命を絶たれるかってところまできちまって、涙ぽろぽろ思い出ぽろぽろの記者会見じゃな、自業自得だし、ご苦労さんとでもいっておくか。

＊

だからな、何ていったらいいのか……、とにかく人間が増えすぎてるよな。もっとゆるゆるとしてりゃあ、袖も擦り合わないし、肩が当たったの何のと他人も気にならねえけど、こうも満員電車みたいに他人が近くにいりゃあ、何かと気になるし些細なことでイザコザを起こすんだよな。国家規模でいやぁ、地域紛争ってのはそういうものだからな。

妄想族が、ガンつけたの飛ばしたのと、つまらねえことでいがみ合い、大したプライドでもねえのに、傷つけられたと大騒ぎするのが人間のしみったれたエゴなんだろう。結局は手前の都合ばかりなんだよ。人間の歴史ってのは、つまるところ、てめえの都合の歴史なんだからな。都合ってのは、その時の成り行きだから、つまりは、幻想ってことだ。これを共同幻想という、なんて誰か偉いさんが言ってなかったか？ え？ どうだ？ おれが言っているのか。あ、そうか。ま、いい。

＊

そうかと思えば、朝から、ニュースはといえば、親が子供を虐待した、子供が親を殺した刺したの、どこそこの床下から白骨化した遺体が出てきた、林の中で首なし死体が発見された……話していて残虐の限りの想像は全て実際の事件なんだということに驚くね。何なんだろうかね、これは。それに、放送局ってのはなんだな。そういう事件性の残酷なニュースは真っ先に国民に知らせなければならないと考えているみたいだな。我々は事件を知らなければならないんですか？　事件を知ることは国民の義務ですか？　事件を知り、誰もが気の利いたコメントを発すれば、世の中少しは良くなるんでしょうか？　……？　……ん？　柄にもなく言い回しがバカ丁寧になっているな……。

冗談じゃねえよ、おれは怒っているんだよ。朝飯時、出勤前、登校前、もっと一日が明るくなるようなニュースを考えないのかね。殺人のニュースを流し、深刻な顔でコメントしなきゃあテレビの役割をはたしてないとでも思っているのかね。分からんねえ。分からんことだらけだよな、世の中は。ま、人間が成長しないまま、ああだこうだそうだとわいわいやってりゃあ、そりゃあよ、分からなくなるのは至極当たり前のことだけどな。

といっても、おれは娑婆をおさらばして、早三年、ん？……もうそんなになるのか。早いもんだね。しかし、自由の身ってのはいいね。何のしがらみ手かせ足かせ、何もこの身を縛るものがない。……？　……この身ったって、何のこんなもの空気みたいなもんじゃねえか。いや、こうなると、いいたいことがいえるね。だって空気だもんよ。誰もこんな感覚、地上の人間にゃ分からねえんだから、何とでもいえりゃあね。こんなにいいもんだとは、死んでみなきゃ分からない。どうぞ、皆さんもこちらへいらっしゃいよ、と、ね、悔しかったらね、じたばたせずに、潔く、ばいばいベイビー、グッド・ナイ・ベイビーといらっしゃいよ。何の未練があるものか。あの世から見れば、こっちがこの世。この世とあの世を比べてみれば、どっちも世がつく世迷い言。……アホ、真面目にやれ。

いや、だからさ……はい、だからさ、と字数を稼ぎ、頁を埋めてこうって魂胆だな。図星だろう？　えぇ？　無駄口叩かねえで真面目にやれよ。

いや、ちゃんと話しますよ。……しかし、何か調子が変わってるね。最初は、無頼の男じゃなかったのかよ。

そうだよ、無頼の男、おれは、おめえ、一喝するために来たんだからよ。時間も限られているしな、さっさとご託並べて喝入れて、また舞い上がっていくとするからよ。

＊

しかし、おめえ、おれは大事なことを話しているんだぞ。その、なんだ。……ぅ～ん、出てこない。……ぅ～ん……この野郎の脳髄の感度が……時々悪くなるんだよな。……おれの品性と高貴さをちゃんと……伝えてくれるかどうか心配だけどな。……おい、大丈夫か……ぅ～ん……、感度良好？　……ＯＫ。何を出すつもりなのか？　まあよ、と、娑婆世間のことを話すしかねえけどな。こっちはおめえ、何の問題もねえんだからよ。周りは空気みてえな連中ばかりで、ふわふわと気持ちよく、娑婆を天から見ておいて感度のいいやつとつながりゃ降りて行って、アートだミュージックだ文学だと指導してやりゃいいんだからな。食う必要なし、病気もなし、よそ様との無駄なつき合いなし、時間の観念もなし、自由きまま、なぁ～も気にすることなどありゃしまへん。……ま、そういうことだ。それで、ま、世間、世俗、娑婆と言やあ、政治か？　政治もな先刻言ったとおりで、どうにもしょうのねえボンクラ政治家ばっかりだからな、ああいう人間がいなくなりゃいいんだよな。何かをやりたいっていう連中がいなくなりゃいいのよな。何かしようと考えるから、問題が新たな問題を生み、切りのねえ堂々めぐりが続くんだろう。これをな、おれは『何かしないではいられない症候群』と呼んでいるわけだよ。覚えておいたほうがいいぞ。これは世界共通の人間特有の病だからな。他の生物の方々には見られません。人間だけに見られる現象です。

＊

政治家の常套手段、誘致ね、あれもとんでもねえ、切りのねえ代物だよな。この誘致ということに関していえば、もう、これは懲りない野郎どもだな。どうしようもない。何か大きな建造物とか有名なものが地元にあるとそれだけで満足する野郎どもなんだよな。世界的国際的、世界に発信できるのどうのと、こういうのに弱いんだろう。発信しようが受け止める奴なんて誰もいねえのによ。土地の知名度が上がれば、まるでてめえの名前が世界に広がるように、この行政の長ってのは狂熱的になるな。

何なのかね、これは。ほっとけばいい南の小さな島にリゾートホテル計画。よく許可が下りるよな。バカな人間が出入りしゴミが増える、環境は汚される、目に見えているんだよな、こういうことはよ。しかし、てめえの代じゃ気にならねえから、愚かな実績、目先のことばかりを考えて、税金の無駄遣いを平気でするんだろう。日本中どこもかしこも観光客が増えて金を落としてくれればいいって、そういう発想だからな。動く人間は限られているのによ。

＊

しかし、ま、どうでもいいか。おれは既に空気みてえになってるんだからな。変わりゆくのが世間ってものよ。地面に這いつくばっていなきゃ、生きていけねえ人間どもにゃ、人と金の動きはつきものだしよ。昔から、人間界には、金は天下の回りものってな。工事は絶えることなく、ま、東京湾にしたところで江戸の頃に埋めたてられたわけだし、百年前の風景なんてどこにもありゃしねえんだから、どんどん変わっていくのが人間界の運命ってな。変わりゆく果てに、どこかで地球大人様《たいじん》の怒りをかって、どか～んと異変爆発が起こり、また、もとの荒れ果てた大地から『おやんなさいよ』と戒められるのが人間なのだからな。どんどん変わりなさい。山なんて、つるっぱげにしたらよかんべよ。あぁ、もうええわ。おれは知らんよ。何もな、おれが、わざわざ降りて来てまで、おめえらの娑婆を嘆くこともねえんだからな。ま、その、警告ってやつだけどな。しかし、おめえらが気づいて学んで成長しなきゃならねえんだから、どうしようもねえよな。何度もいうけど、おれは空気みてえなものだからな。おれは知らんよ。勝手にやりなさいよ。海にもなんでも捨てりゃいいだろう。太平洋も埋めたてたらどうかね。永遠の公共工事。どこまでも仕事がありまっせえ。大自然の懐の中でよ、束の間の遊興の時を与えられてるのが人間という卑小な生き物なんだがな、しかし、バカだよなあ。ま、おれはもう空気みてえなものだから、そのおれは外してよ、愚かな人間どもは終末の日まで、神の怒りをかうその日まで、その無知と蒙昧の時を過ごすがいい、と。

どうだい、こんなもんでいいか。きょうはこんなもんだな。……これ以上喋ったら、おめえらついてこれねえだろう。おれが喋り出したらこんなもんじゃすまねえぞ。これでも分かりやすく喋ってんだからよ。ありがたく思え。おれは空気みてえなもんだから疲れなんてまるで感じねえんだからな。やろうと思えばいくらでもできるんだよ。しかし、人間の集中力なんてなぁ、せいぜい三十分がいいところだろう？な。その合間に小便だ腹がへった、あのテレビ番組を録画し忘れたと余計なことが入るからな。

＊

それに何だ。あのまったく邪魔な携帯電話ってのがあるだろう。あれは、どうしようもないぞ。人が話をしている途中で、着信音ってのか？　何なのかね、あれは。おれたちは全て波動で感じ合うから、何をそうまでして連絡することがあるんですか、皆様よ。おれは、携帯電話が鳴ろうものなら話を止めて、さっと消えるぞ、ったってもともと姿形はねえんだけどな。その、なんだ、この野郎の脳髄への通信を止めて、さっさと気配を絶ってって言うか、ま、その、なんだ、舞い上がっていっちゃうからな。そう、舞い上がっちゃうわけだよ。……ちゃうなんて柄でもねえか。マナー・モードだろうが何だろうが、感じる分には同じことだろう。ま、とにかく、携帯電話はダメだよ。あれは人間をダメにする。これは、はっきりしてるぞ。あれは必要最小限度にしなきゃいけねえぞ。あれは思考と想像という人間の基本的な感性を削っていくってことを知らねえからな。想像力、これがね人間としての感性つまり感じる心、感じる品性というか、これを育てる基本中の基本なんだよ。想像から思考も生まれる。想像力がないから、世の中、満ち足りても心貧しくなるんだぞ。暇がありゃ携帯電話の画面とにらめっこじゃあな、画面同様の小さな四角にはまった枠から抜け出られない、しょうもねえ人間になっちまうぞ。メールを読まないで、本を読みなさい。文字を書きなさい。と、おれはいっておくぞ。実行できる奴だけ実行しろ！　あとは知らねえ。

*

脳髄の感度が悪けりゃ、それなりの霊気しか感じられねえ。どうすることもできねえ。残された道は誰と出会うかだ。出会いがなけりゃ、しょうがねえ。禅では弟子の準備ができた時、師は現れる、というそうだな。日々準備しなければならないのよな、おめえらよ。出会いのためにな。と、ま、説教臭くなってもしょうがねえしよ。おれは、ま、言いたいことを言って舞い上がればいいだけの話だからよ。まぁ、進むようにしか進まねえのが『泥沼にはまりました』思考とおれが言う人間のパターンだからな。先刻申し上げましたようにですね、壊されてみなきゃあ気がつかない人間の世界でございますから、行くところまで行くしかないのですね、と、最後は丁寧にしめなきゃな。ま、きょうはこんなもんだな。

＊

ないなぁ……ないよ。これ以上話すことはない。なぁ〜もない。いや、思い出せばないこともないんだよ。しかし、ま、思い出すことのほどでもないし。ま、空気になってまで娑婆のことを思い出してもしょうがねえしな。……しかし、話がややこしいな。これ、誰が読むの？　読む人いるのか？　あ、そう……結構、人気ありますよ、って……。テープかＣＤにでもして売り出すか？　その前に本にでもしておくか。みんな偉い先生はそうしてるよな。おれも、ま、生前はそこそこの大物だったからな。その知名度でいいとこまでいくんじゃねえか。

……ところで、旦那、お名前は？　……って来たか。名前か……言わなきゃならねえか？　吾輩は無頼の男である。名前はまだない。……ん？　……どこかで聞いたような文句だな。ま、いいか。その、なんだ、おれの名前、聞いているだろう。聞いてない？　まいったね。名前知らねえで、今までこの貴重なご高話をお聞きあそばしていらしたのでございますか？　いや、また、これは、恐れ入ったね。あの高名な大親分だぞ。おめえら、世界で大親分といえば、このおれ様しかいねえだろう。あの知る人ぞ知る、う〜ん……まいったね。いや、ほんと、まいった。もう帰っちゃうよ。あとで世界人物大辞典でも開いて調べてみろ！　マフィアじゃねえよ！　……ったく、とんでもねえ野郎どもだな。名前も知らねえでつながるんじゃねえよ！　なに？　勝手につながった？　しょうがねえな。ま、いい。過ぎたことをとやかく言うのは止めておこう。おれの性に合わねえ。いいか、今から言うからよぉく聞いておけ。

生まれは、そうさな、はるか南の島とでもしておくか。『ハイ、ウヴァガムヌゥ、バヌンカイ、カシミィール』。さて、これはどこの言語でしょう？　分かんねえだろう。分かるわけねえよな。宿題だな。……さて、つづき……育ちは東京、江戸の花、鼻緒すげたか、はないちもんめ、あの娘恋しや、はないちもんめ、上野のお山で見た桜、きょうは吉野の山で見る、ぐるり周って日本の名所、はるばる来ました奄美の島へ、甘い夢みるぶーげんびりあ、赤く咲きます、火焔のかずら、並んで咲くのは仏桑《ぶっそう》華《げ》、燃える色咲く南の島で、辿りついたは平安名崎《へんなざき》、地球のへそです宮古島……とね。これは謎解きだぞ。

しかし、おめえら、何でまた、古臭い七五調が出てくるんだよ、と思っているんだろう。そこが物を知らねえ浅はかさってな。七五調は、おめえ、これ、日本風土のエネルギーの元でな、土着自然の古くからのリズムなんだぞ。七五調を忘れてしまっては日本は終わりだぞ。俳句じゃねえぞ。短歌和歌のリズムだぞ。俳句もいいけどな、言葉遊びになるきらいがある。『季語つけて一か八かの俳句かな』、とおれがいうように、名人でもきりを引く可能性大なんだよ。おれのぼろぼろの暴論からすれば、俳句は江戸の俳諧隆盛期にアートとしては終わっている。その後、文学としては正岡子規あたりで終わっている。俳句の新しい道を探求したのが、ま、山頭火とかな、自由律俳句なんてのを考えたがな、しかし、お前、あれは感性の高いフレーズというか、単短文だからな。奴らはいかに言葉の空白をつくるかということを求めたのだろうが、

『俳句とは空白のアート』である、と、ま、これはおれが言っているんだけどな、つまりは、心の虚空に言葉の閃光を放つ、とでもいうのか、ま、芭蕉にしても、最後は何も言いたくなかったんだろう。おれは、そう思うぞ。『古池や蛙とびこむ水の音』にしてもな、これは、芭蕉はその瞬間に心が虚空に入ってしまった。何もいうことがなかった。しかし、俳諧師として言わざるを得なかった。その瞬間に、ぽ～んと出たフレーズだろう。だからな、山頭火にしても、俳句を自由律にしたという背景にはもう言葉を使いたくなかったのだろう。言葉というものがあれば、空白の中にぎりぎりの短文フレーズとしてぽんと投げ入れたかった。そういうことなんだよな。おれには、分かるけどな。とんでもねえ俳句論に話が飛んでしまったけどよ、そこが、ま、面白いところでな。おれは、どこへでも飛んでいくわけだよ、な。ま、凡人の俳句はよ、せっせと言葉を探しリズムをつけて、いかにも俳句でございます、と、ま、好きなようにやればいいんじゃねえのか。あとは、俳人ですと気取っているだけで、おれに言わせりゃあ何も見るべきものはない。単なる言葉のジグソー・パズルということだろう、と、いや、また、お馴染みの暴論で、おれもすごいことをいうよな。日本の文学史にハンマーを打ち込むような衝撃の一発だな。俳句を言葉のジグソー・パズルとな。誰か言ってるか？　おれは知らんぞ。どうだ、まいったか。ま、そういうことでな、短歌和歌にももちろん遊びの部分はあるが、しかし、難しいぞ。最後の七七の十四文字が生命線だな。『短歌は言の葉のつづれ織り』とおれはいう。まだ、ジグソー・パズルまではいってないな。と、こんなことを言ったら、日本、いや世界中の俳句愛好者、自称俳人の方々から攻撃を受けるだろうな。しかし、愛好者がいるからいいんだろう。言葉をつなぎ合わせれば小学生でも名句があっという間に出来上がるんだよな。俳句ってやつはよ。そこがいいところなんだがな。名前を伏せれば、名人も素人も見事に逆転することがあるんだよな。そこが、また、俳句のいいところでな、だから、いいと思えばせっせと句を捻ればいいのよな。おれも捻るけど、おれは、言葉のジグソー・パズルと思ってやっているからな。文句あるめえ。そういうことだよ。……しかし、言いたいことを言ってるね。何しろ、空気だからな。おめえらも、言いたいことがあったら、一度空気になってみな。

『霊性を感じて紡ぐ言の葉に気の葉をつなぎわれ戯れる』。どうだい、そこはかとない気品が漂っているだろう。これで、おれ様がどこの大親分か分かったろう。まだ、分からねえって言おうものなら承知しねえぞ。どうだ！　……うん、そうだろう。

な、だから、可愛い子には旅をさせろってな、昔からいうだろう。そういうことだよ。分かりゃいいのよ。うん、いい子だ。……ねんねしな……。ま、よく分かんねえけどな。しかし、その、よく分からねえのが、つながってる証拠だぞ。おれたちは、おめえ、時間空間のない世界に漂っているんだからな。人間古今の歴史がカオスとして水ぽちゃの中にあるわけだよ。おめえらには想像つかねえだろうが、しかし、他愛ないものだぞ、こっちから見りゃ、人間の歴史なんて。スケールが違うのよ、な。だから、ま、花と言えば、桜の季節だな。と、いきなり、話が飛躍するんだよ。そこがいいんだよ。ぽんぽん飛躍して、跳んで飛んで、と、これが空気の世界だよ。量子的跳躍っていうだろう。分かりゃいい。いいか、漂って、跳躍だぞ。覚えておけ！

＊

ほらほら、そう言ってたら、娑婆リポートだよ。いや、こっちの霊視テレビでな、ニュースをやってるんだよ。いや、おれは、おめえの脳髄につながりながら、こっちのこともきちっとやれるわけだよ。何しろ空気みてえなものだからな。いくらでも広がりは持てるわけでな。何とも便利なものだろう。そのニュースでな、パリで暴動だよ。たまげたねえ。パリでねえ。あの花の都でねえ。……いや、また、時代を感じるね、今時、花の都なんていうかね。……いや、こっちはおめえ、時代も何もないからね。歴史がひとまとまりに浮いているわけだよ。な、だから、な……分かんねえもんだなあ。諷刺画がもとらしいぞ。てめえらの教祖様の諷刺画があちらの新聞に載ったとかで暴動だよ。だからな、人間の考えることってのは、何でもねえことで、どこの誰の機嫌を悪くするのか。てめえはほんの冗談のつもりがよそ様の機嫌に火を点けたりするもんなんだよな。困ったものだけど、こりゃ、解決しないよ。双方歩み寄れったって無理なことだしな。ま、忘れるしかねえけど、しかし、おめえら人間に忘れることができるのか？　ええ？　人間ってのは執念深いからな。恩はすぐ忘れるが、恨みや仇は死んでも忘れねえからな。これもてめえの都合でな。

だからよ、こういうことも世界が広がりすぎたというのか、異民族が接近しすぎたとでもいうのか、接近しやすくなったというべきか、ボーダーレスなどという安易な発想で他人同士を近づけすぎたってえのか、要するに、近づけすぎちゃいけねえ野郎どももいるってことだよな。単純なことだけどな。きれいごとで理想を追い求めるあまり、皆さんともに生きようなんて無理なことを考えるから、とんだ泥沼にはまるってことも往々にしてあるってことだろう。何百年という単位で歴史をつくり、ある程度完成された文化宗教を持つ国同士が行き交うには、ある程度の慎重さを必要とするんだよ。おれは、口を酸っぱくしていっているだろう。ボーダーレスなんてまやかしそのものじゃねえか、ってな。近づきすぎると良くない人間関係とは、必ずあるわけだしよ。また、その逆で近づかなければ、何の問題も起こらない人間関係というのもあるわけだ。国と国との関係も同じだよ。おめえらも満員電車でぎゅうぎゅう詰めにならなければストレスも溜まらないわけだしな、適度な距離というのは、人間社会には必要なわけですよ。近づくから余計なものまで見えて気になり、それが衝突の原因になるわけですよ。分かるか？　好みの共通なものが、好みの共通な小さな適度な規模の社会をつくり、社会というものは、こういうものでございますと身のほどを知り、慎ましやかに生きる。それが、おめえらの地球規模での幸福というものなんだよな。欲して主張し発展だ開発だ交流だと規模を広げようとするから、懲りもしねえで衝突を繰り返し、どんぱち地域紛争とやらをおっ始めるんだろう。それがな、おめえらの限界だよ。しかし、分かんねえだろうなあ。もう、何百年という単位で、いや、何千年か？　おんなじことの繰り返しだからな、飽きもせずによ。たまげた野郎どもだぜ。身のほどを知るということがいちばん大事なことなんですぜ、皆さんよ。

＊

しかし、おれも、こんなもんでいいか、なんていったあとで、えらいサービスしちまったよな。いや、おれが喋り通したらこんなものではすまないんだけどな。もうちょっと行くか？　ま、しかし、ここまで辿りついたってことは、つき合ってくれる人がいるってことだよな。どうだ、いるかなぁ、どうかなぁ、ま、そのつき合ってくれた野郎、いや、野郎ばかりでもないだろうが、おれは口が悪いからな、どうかな、おつき合いいただいたご婦人の方々は……どうですか？　万に一人でもいるとしたらだね、これは、もう、ありがたいことだよ。月並みだけどね、これはありがたい。その万に一人か二人のあんた、幸せになれるよ。おれが上から見といてあげるよ。何だったら守護霊の契約結ぼうか。契約料と守護料安くしとくよ。大親分としては大サービスだぞ。……ん？　……そんなこと大親分のいうことかあ？　ま、な、ちょいと面白くしているんだよ。最後だからな、話を上げて下げて、この度量の広さを見せてるんだよ。分かる人間には分かる。分からねえ奴には分からねえ。それでいいんじゃねえか。それで、どうなの？　守護の契約。……いい？　ってことは、ＯＫってことか？　やらなくていい。……あ、そう。いや、しかし、喝も入れたことだし、久しぶりに婆婆のそこはかとない何とも頼りない雰囲気も、相変わらずだなぁと感じることができたし、と。おれは、そろそろ舞い上がっちゃうからな。この野郎の脳髄への霊気をストップしておさらばすることにするぞ。いいか。次はいつになるか分からんぞ。おめえの脳髄の感度じゃあ、しばらくは無理だな。何？　途中で入れ替わったような感じがする？　……バカ野郎！　おめえ、まったく分かってねえな。だからな、そこが広がりだって言っているだろう。分からねえ野郎だな。おれはな、この広大な空気の世界から、おめえ、考えを分かりやすく摘み取るようにして喋っているわけだろう、な。ま、いい。おめえら、空気を理解するには、脳髄の波動がまだ粗いようだからな。修行が必要だな。さらに修行に励め！　……もう、いいのか。何か訊くことはないのか？　あ、そう。……大親分だぞ。も、いいのか？　ほんとうだな。……ま、いい。帰る。消える。舞い上がる。昇る。さらば……」

はるかなる聖書への道

まったく偶然に、聖書の講義動画を入手した。世の牧師といわれる人種は、この偉大なる幼稚なテーマをいかに講義するのか、ひとつ見てみようかと、しばらくつき合うことにした。

講義する牧師さんは面白い。話の歯切れがいい。言葉がはっきりしている。分かりやすい。お顔は本当に人が善さそう。神を信仰している気がムンムン感じられる。この人は信じられると、世の心貧しき人たちが頼りたくなるオーラが充ち満ちている。このあいだ来た子供用英語学習セットのセールスマンに、どこか感じが似ている。うっかり丸め込まれそうになった。間に合ってますといえない雰囲気、盲信の人たちをしっかりとつなぎとめておく詐欺師の顔もしているなぁ。

……まぁ、そんなことは、どうでもいい。

テーマ別に講義は長い。しかし、そうそうつき合ってはいられない。適当に飛ばし飛ばし聴いてみた。

＊

キリストの誕生日は聖書には記述はない。はっきりと分からないそうである。これは以前から聖書関係、宗教関係の分野では知っている人は知っていたが、知らない人は信者でも知らない。知人のクリスチャンも「知っていたよ」と素っ気ないのがいるかと思えば、「えぇ？　そうなの！」と今さらのように驚く人もいる。それならば、十二月二十四日の深夜のミサは何だったのだろう。イエスが、真夜中に馬小屋で生まれたから、時間を合わせて聖夜を祝っていたんじゃなかったのか。北欧の土俗宗教、ミトラ教の冬至祭りをアレンジした「降誕祭」なのだそうである。生誕を降誕といい換えているところがミソ。あえて公表しないでおいて、指摘されるとしっかりとこの言い訳を用意する。キリスト教のいいかげんさそのまま。

つまり、神は永遠だから、人間のように誕生という始まりがあってはいけない。あくまで永遠なる天の神が、人の世に降りて来た降誕なのである。どこまでこじつけりゃ気がすむのかと呆れるしかないが。それなら、最初から、妊娠出産など人間のややこしい手順など踏まずに、あっさりと、あからさまに、これぞ奇跡と、「我は永遠なる神なるぞ。三位一体のひとつ、神の子なるぞ。名前はまだない。これからはイエスと名乗る」と降りて来りゃいいものを。そうすりゃ、こんなにこじれることもなかったんだよな。神さまも何を好き好んで、人間の生理に習い、十月十日も腹に納まっていたのかと。そして、産声まで上げて赤子を演じ、その後は行方知れず、いきなり説教できるまで三十年……か。えらく遠回りだよな。……まぁ、いいか。

キリスト誕生のエピソードは、マタイ伝とルカ伝に、短いながらも、ああもドラマチックに書いてあるのに、なぜ、誕生日の記録がないのか、これはいったいどういうことなのだろうか？　不思議で仕様がない。占星術の学者たちが星に導かれ、誕生した幼子イエス、即ちメシアに出会うのである。当時有数の学者たちが、なぜ記録しておかなかったのか。その後、さらに陰からでもそうっとイエスの成長を見守るぐらいはするだろうに、聖書ではいきなり説教師で登場となる。「おい、あれは大工のヨセフの息子じゃねぇか。あいつ、いつから、あんな偉そうなことをいえるようになったんだ」、いきなりこれじゃ、メシアとして生まれ、祝福されたイエスの成長の記録はどこにあるのだろうか。占星術の学者さんたちも劇的な誕生に出会って以来知らんふりとは、何とも情けない。ここも実にいいかげんである。何らかの形で、イエスの誕生から成長までしっかりと記録されて然るべきだったのでは。それが学者というものであろう。時代を超えるから学者なんですよ。あれほど立派な（？）旧約聖書という文学歴史預言的な著述群を残しているユダヤの民がそれくらいのことができないはずがない。どうにも解せない。教会のお偉いさんたちは何か隠しているんじゃないの？

……まぁ、そういう時代だから。

マタイ伝では、ヨセフの夢に天使が現れ、処女マリアの妊娠を告げ、ヨセフを説得する。一方、ルカ伝では、あの有名な受胎告知のシーンがある。大天使ガブリエルの登場である。これは、いってみれば、人類史の大きな出来事であるはずなのに月日の記録がない。後に教えを広めるための大事な出発点であるはずなのに、随分とのんびりした人たちだよな。いくら識字率が低かったとはいえ、何とかなるでしょう、そんなこと。何だったら、天使の皆さんが折々にでも出て来て、ダメ出しすればいいんですよ。受胎告知のガブリエルさんは何をしていたのよ。あなたの役割でしょう。こういう肝心なことを忘れるから、お人よし（？）な連中なんだよな。あとにも書くが、大宇宙レベルでいうと、ユダヤ地域を全ての天地と勘違いし、罪と罰で心に入り込んでいる神グループだから、地球レベルにも達していないわけだよな。ここのところ大事だと思いますよ。

それと、この牧師さん、聖霊がマリアの卵子を使っただの、DNAがどうとか、マリアは代理母とかいっていたが、いきなり、そんな下世話な話になるんですか。マリアの卵子、代理母……、これは、また奇怪な。どこか産婦人科の不妊外来みたいになってきたな。……ええっ⁉ これ、ひょっとして、不妊症治療のさきがけか？

……いや、たまげたね。牧師さん、それ、あなたの教団では統一された見解ですか？ そんな下世話な表現は使わないほうがいいと思いますけどね。現代に合わせて少しは科学的な味付けをして、いかにも今風に説明しようとしているんですかね。私は、処女懐胎は純粋性の象徴と捉えていましたけどね。どうでしょうか？ だから、純粋性を教えるために、処女懐胎という譬えを使ったと聖書作者の創作ではないでしょうか。マリアの卵子を使ったなど、聖霊も何か助平なエロじじぃに感じられますね。だって想像が膨らむでしょう。聖霊は形はないんだろうし、マリアの卵子は物体だろうし、姿なき聖霊が空気のように……？ ……マリアの子宮に侵入し、卵管を通って卵巣に達し……いやいや、君、聖霊だよ、神の聖なる霊だよ、そんなことをしなくたって、どうにでもなるでしょうよ。「神にできないことは何ひとつない」(『ルカ伝』一章三七節)と豪語してるでしょう。……牧師さん、突っ込まれたらどこまで説明できるの? 三分じゃすまないよ。聖書は解釈だから何とでもいえるんだよ。新たな解釈で新たな一派をつくればいいんだよ。

*

しかし、この私をして、ここまで意欲をもって取り組ませる「マリアの卵子、代理母」論争。いやいや、患者……いや、信者獲得のためならどんな戦略でも考えるものだなぁ。大したもんだ。よく分からんが。それとも、これ、宇宙人の不妊手術?……いや、いいすぎだ。しかし、こいつらほんまもんのお人よしだからね。人の子でありながら神の子であるということを証明(?)理論づけするために……つまりは、「人と神のハーフだよ」と、ただそれをいいたいがために、こうやって突拍子もないロジックを考え出し、マリアの卵子がどうのと呆れるようなことをいい出すんだよな。

ところで、イエスは、あなたのいう代理母マリアの子宮の中で何を考えていたのだろうか。考えたことありますか？……こういうことに話が膨らんでいくと、キリスト教の体系そのものが、もうほとんど、お笑いの世界になっていく。イエスが神ならば、始めもなければ終わりもない永遠の存在ですから、無意識という状態があってはならない、いえ、あるはずがない。つまり、胎児であろうと赤子であろうと、常に意識的であるはずです。神ですから。そのへんはどうですか、牧師さん。意識的であるならば、外見はどうあれ、中身は常に神の意識を持った神です。それならイエスは、代理母マリアの子宮の中で、何を考えていたのか。

私が考えますに、イエスは人間界の肉を借りていた。当たり前のことですが肉はまさに仮の姿です。イエスは肉を自由に出入りできたはずですよ。十月十日肉は育つ。肉は肉のまま。イエスはたまに出入りして、ほとんどは天界にいました。十字架刑の時も同様です。人間界で、肉としての存在であるイエスを離れ、肉体的な痛みの世界を離れていたのです。どうですか？　知らなかったでしょう？……知らなかったでしょう、って、あんた、何でそんなこと……、いやいや、ほとんどファンタジーの世界だな。いや、まったく、ドストエフスキーでもこんなこと考えつかないだろう。何で、ドストエフスキーかって？　あのお方、晩年の大長編で、神と信仰をダイナミックに問うていますからね。

余談ですけど、あのパウロが大の肉嫌いなようだから、あえて、「肉」という語を使ってみました。

わたしは自分の内には、つまりわたしの肉には、
善が住んでいないことを知っています　（『ローマの信徒への手紙』七章一八節）

わたし自身は心では神の律法に仕えていますが、
肉では罪の法則に仕えているのです　（『ローマの信徒への手紙』七章二五節）

つまり、罪を取り除くために御子を罪深い肉と同じ姿でこの世に送り、
その肉において罪を罪として処断されたのです
（『ローマの信徒への手紙』八章三節）

＊

「復活」に関しては、これまた、四つの福音書で記述が違う。香油を塗りに墓に出向いた女の数、墓石の動かされた様子、天使なのか人間なのか、墓の中に美しい青年がいたり、外にいたり、なぜ、記述がこうばらばらなのか。「復活」という事実が重要なのだから、そんなことはどうでもいい……というんですか？　いやいや、そうはいかないでしょう。聖典ですよ。救世主イエス・キリストの「復活」を知らせる、重要な経緯じゃないですか。「復活」がイエスが神の子であるという確かな証左であるのなら、なぜ、当時の弟子たちは、こんな大事なことを統一しようとしなかったのか。

これは、私の推測ですが、今のように印刷プリントの簡便な時代ではなく、誰でも一冊にまとまった聖書を持ち歩けたわけではない。福音書はそれぞれできた年代も違うし、それぞれ一人歩きしているわけで、地域によって、教団内の派閥みたいなものもあり、扱う福音書がばらばらだった、と。また、当時、伝道していた弟子たちも、自分たちの一派の福音書を広めていれば、それでよかったのだろう。内容の統一など、そういう細かいことはどうでもよかったのかもしれない。それに、地域によって識字率もばらばら、ほとんどが抑圧された貧しい人たちだった。時代のせいにすればそれまでだが。後年ここまで世界に広まり、隆盛を極めることになろうとは思ってもいなかったであろう。

*

イエスは復活後、弟子たちを回り、その復活した姿を現したとされている。しかし、イエスも度胸がないというか、何をチマチマ身内回りをしてお茶をにごしているのかと、私はいいたいですよ。それで、あとでイエスは復活したと、弟子たちが検証していると、イエスの復活は本当だった、と、まぁ、しかし……牧師さん、そんなこと大きな声でいえることですか。そんな身内の卑小な検証など何の役にも立たないと思いますよ。だから、これも、後世の聖書作者の創作だと思いますよ。下手な創作だけど無理しているなぁ、と私は思うわけですよ。水の上も歩けるんだから、空も飛べるだろう。今こそ神の子であることを明らかにするべき。総督ポンテオ・ピラトの前までひとっ飛び。くるくる空中旋回し、ピラトの野郎をびっくりさせれば聖書ももう少しは面白くなっただろうにね。あるいは市場を歩き、人々に両手の傷跡でも見せ空中浮揚でもすれば、さらに歴史は混乱し面白くなったのではと、破滅派の「おれ」としては思うわけよね。何度もいうが、身内の検証など、何の役にも立たない。身内は都合のいいことをいうに決まっている。

私は、イエス・キリストという歴史上の人物を畏怖敬愛し、その言葉に魅了されている一人です。特に山上の垂訓、野の花の譬え、これはいい。これだけでいい。いっている言葉が全てだ。言葉に力があるか、覚者の言葉かどうか、これが全てだ。福音書のイエスの言葉にはそれが感じられる。

しかし、それ以外のあのパウロ他の手紙群の中身と来たら、まったくオーラも力もない。ただのパラノイア。パウロの手紙群があぁも幅を利かしちゃ、ありがたみも何にもない。手紙の束を集めて、福音書と合わせ新約聖書の完成と……しかし、中身がどうにも、もうひとつインパクトがない。そこで、最大の奇跡、「処女懐胎と復活」を福音書の最初と最後につけ加えた、と……これで中身の薄さを充分に補てんできると、当時の教会幹部たちは考えたのではないでしょうか。その後のキリスト教団の歩みを見れば一目瞭然。この二点を世界のイベントとし、月日もはっきりしない生誕をどさくさに紛れ、まさにどさくさに紛れだが、うやむやのうちに世界的祭りとして、今に至っている。まぁまぁまぁ、恋人たちの聖夜として、世界に定着しているし、子供たちは何よりクリスマスが大好きだ。サンタが実在した聖者かどうかなんてどうでもいい。世界のみんながクリスマスが大好きだ。世界中にイエス様の愛が降りそそいでいる。こんないい日は他にない。下手に茶々は入れられない。だから、もう、神の降臨なんてなくていいのさ、と。うまいなぁ。戦略ばっちりだ。だから、牧師さんも、あぁもふくよかな笑顔でいらっしゃる。……関係ない？

＊

イエスの言葉のことでしたね。力があると……なぜ……私が……そういうことをいい切ることができるかって？　……それは、あなた、この私だからでしょう。それ以外に考えられますか？　この私だからですよ。……何？　文句あるの!?　この私が覚者の言葉は分かるといっているから分かるんですよ。そういっちゃ悪いんですか？私の痛み痒みを、あなた、分かるんですか？　冷暖自知。私は自分を知っているから、ここまでいえるんですよ。だから、どうでもいいことが分かるんですよ。

奇跡もどうでもいい。処女懐胎もどうでもいい。「時はもはやなかるべし」（『ヨハネの黙示録』十章六節）、どうでもいい。なるようにしかなりません。人を選り分ける神などどうでもいい。何が面白くて「お前は天国、お前は地獄」と裁くのかなぁ。しかも、偏狭な地球、いや当時はユダヤ地域を裁くために、「出る出る。来る来る」と教会関係者にいわせ、真の預言か何なのか、気の弱い民衆を脅し、「もはや時がない」（『ヨハネの黙示録』十章六節）といいながら、イエス以来二〇〇〇年、神の降臨はあったのだろうか。「神の計りごとは我々には測りかねる」という言い訳まで聖職者にしっかりと用意させ、何が面白くて、創世記以来、地球ばかりを相手にしてきたのでしょうか？　それとも他にもビジネスパートナーをお持ちなのでしょうか？　あなたの天地創造の天地とは、せいぜい広げて、このちっぽけな地球をとり巻く自然環境のことのようですね。それじゃ、全知全能というには、ちとスケールが狭小すぎやしませんか？　あなたの天地創造の当時は、月太陽星を合わせた天地でよかったかもしれませんが、今や、宇宙は膨張し、太陽系を含む銀河はさらに、星の数ほど存在するというじゃありませんか。ご存知でしたか？　いや、失礼。全知全能でしたね。でもね、そろそろ、新たな天地創造論を発表してもらわなくては、パラノイアの狂った神経症の聖職者ばかりで、天地創造以来、カビの生えた「罪と罰」にがんじがらめとなり地球は身動きがとれないんですよ。何とかしてくださいよ。お願いしますよ。何てったって、あなた、自分らは選ばれた民だと勘違いした幼稚な白色人種の欧米先進国と呼ばれる「心の後進国」の連中が大手を振って我が物顔でのし歩いていますからね。これが地球をダメにしているんですよ。

牧師さんの講義。

「旧約聖書では、神さまが敵や異教徒と戦い、女子供に至るまで、一人残らず殺せと命令を出し、実際に人殺しが行われたわけですが、どうして、愛の神がそんなことを命じるのですか――この質問は納得できる解答を見出すことは非常に困難です。なぜかというと、私たち人間は有限で、無限の神さまの思いを百パーセント知ることは難しいからです。ですから有限だってことを前提に考えるためのガイドラインを三つお話したいと思います。……（中略）……最初に申し上げたように、神の御思いを全て理解するのは不可能です。ただし、神の御思いを理解できなくても、神の判断は正しいと信じることはできます。そして、やがていつか、私たちの判断と神の判断が百パーセント一致する時が来るわけです。私も天国に行ったら、この質問を神さまにしてみたいなぁと思っております。では、また、次のQ&Aでお目にかかりましょう」

と、牧師さんは結んでいる。しかし、誰かが天国に行けるとしたら、異教徒の誰かは天国に行けないわけだ。ローマ教皇は、自分は天国に行けると信じているでしょう……多分。牧師さんも絶対天国だとは信じているでしょう。しかし、プロテスタントは偶像崇拝を絶対許さないわけだから、どちらかが行ければ、どちらかは行けない、と。私の知っているエホバのKさんは、これこそ聖書の真の神だと信じ、エホバに入信したわけだし、自分が天国を約束されているなら、ローマ教皇、講義されている牧師さんは異教徒だから地獄だと信じているわけですよ。ま、口には出さないけれど……そういう構図なわけでしょう。皆さん、自分のところが正当に聖書を理解している、神に愛されている唯一の教団だと思い込んでいる。だから、天国への光り輝く雲に乗り遅れないために、どうぞ我が教会へと躍起になっている。どこの教会も信者の囲い込みに熱心だ。あの手この手。ある日曜日、あの教団、この宗派と、勧誘の家庭訪問があった。「あなたは迷っていますね」という。珍しい一日だった。……いや、失礼。

ま、思い込むのは自由だから、どうでもいいんですけどね。しかし、同じ聖典を扱いながら、自分は天国、自分から見た異教は地獄……とお互い思っているわけですから、これは、非常に滑稽で幼稚な発想ですよね。しかし、また……いやいや、そんなに小難しく考えているわけじゃないんですよ、と。単なる習慣、神だ愛だ、天国だ、とキリスト教的な雰囲気に自分を委ねて生活していると何となく楽だから。子供の頃から、母親に連れられて教会通いをしていたから、ま、生活の一部みたいなもので。教義にすっぽりはまって、聖歌、讃美歌を歌っていれば何となく清められたようで落ち着くし、それに日曜教会は社交場だし、みんなニコニコして何となく善い人たちばかりだし、教会のボランティア活動をすれば心地よいし、取りあえず平和だし、ただ、それだけです。

しかし、何となく雰囲気で、そして習慣で惰性で教会通いをしていた人たち（信者を含め）も信仰の場を離れる時が来る。まさに呪縛が解ける時だ。世に混乱不穏の兆しが見えてくると、人々は、ふと足を止め、考えるのだ。いつも牧師さんが祈っている。「この争いの絶えない世界に、我々の平和の祈りが少しでも届き、人々に勇気と癒しが与えられますように、どうぞ、天の神さま、我々のこのささやかな活動を祝福してください」。

いつも同じパターンの変化のない清い（？）祈り。何度聴いたことか。本当に神さまに届いているのだろうか。牧師さんは心の底から、そう願い、祈っているのだろうか。神の祝福……世界中の教会で、この祝福という言葉が放たれない日はないだろう。しかし、一体全体、この地球規模にして、どこまでが祝福……神の祝福の届く範囲にあるのだろうか。

ひょっとして、学校の朝礼と同じで、教会組織の牧師としての職務のための、何の気持ちのこもらない、単なる仕事としての祈りなのではないのだろうか。聖書の全てを暗記するくらい読みこなしたところで、あれっぽっちの人間にしかなれないなんて、この教会は本当は通うに値しない、ただの集会所なのかもしれない。と、すると、すごい時間の無駄をしていることになる。

＊

この間の告別式礼拝の牧師さんのお話もひどかった。がんで亡くなった人には必ずワンパターンのヨブ記が出てくる。そして、決まって「試練を乗り越えた、頑張った。Aさんは、今、神さまと会っています。神さまは生きていらっしゃいます。Aさんと手を握り合っています」……はあぁ？　神さまは生きていらっしゃいます〜〜ぅ⁇　……絶句……。キリスト教神学を勉強して牧師になると、こうも単純な脳ミソになるものかと呆れ返った。葬式坊主と何ら変わりない。いや、葬式坊主のほうがまだいいだろう。坊主のわけの分からないお経のほうが、時間は知らずに過ぎていく。牧師の説教は、なまじいいことをいおうとするからボロが出る。下手な説教は、地獄のように長く苦しい。……ん？　……地獄には、まだ、行ったことないけどね。

こいつら教義をしっかりと刷り込まれ、己の脳ミソで考えようともしない。自分で考えようとしたら、教会組織にいられない。

枕言葉のように必ず使う常套句がある。「聖書は永遠のベストセラーです。バイブルとは本の中の本という意味です」と。だから、何、あなた達がそういったからって、何がどうなるの？　売れていて、誰かが本の中の本といえば、そう額面どおり受けとって、世界最高の良書と受け止めろってことか？　そんなことを、決まり文句のように使うから、牧師はお人よしだっていわれるんだぞ。おれにいわせりゃ、何が永遠のベストセラーか、となる。冗談も休み休みいってもらいたい。欧米白人社会の海洋進出でアフリカ南米アジアと荒らし回り、布教という名の侵略殺戮を繰り返し、世界中にバイブルを持ち込み、世界中のホテルの部屋にバイブルを置かせるように白人の横暴を推し進めれば、それは、永遠のベストセラーにはなるだろうよ。

歴史を遡れば、キリスト教がローマ帝国の国教となり、やがて、幼稚なヨーロッパ白人社会に幼稚なキリスト教の教えが広がっていき、歴史の流れで白人社会が世界の主導権を握り始め、選ばれたる民は自分たち白人だと錯覚し始めた。これが全ての悪の迷路の始まりだ。選ばれたる民、白人にとっては劣等有色人種は家畜にも等しい。いけにえとして捧げる家畜にも等しい。「我ら白人は家畜にも等しい劣等有色人種を好きなように扱うことができる。これは神からの贈り物だ」。錯覚も極まってきた。奴隷船の登場だ。行く先々、力でねじふせ、資源も好きなように掘り起こし、勝手し放題。

搾取し、殺し、奴隷船では衰弱し使い物にならない奴隷を海洋投棄。それで食卓では十字を切り「天の神さま、きょうの恵みを感謝します」と祈る。奴隷の女をレイプし、生まれた子供は奴隷市場に売り払う。日曜日には教会に行き、にこやかに白人同士が交流し、神の祝福を感謝する。この狂気。

我らの行為は聖書で保証されている、と思ったことだろう。

「奴隷には、あらゆる点で自分の主人に服従して、喜ばれるようにし、反抗したり、盗んだりせず、常に忠実で善良であることを示すように勧めなさい。そうすれば、私たちの救い主である神の教えを、あらゆる点で輝かすことになります」

（『テトスへの手紙』二章九節）

本当に奴らは、戦争が好きだった。殺戮の繰り返し。十字軍遠征、南米における古代文化の徹底的な破壊、先住民の子種を絶やすため男は抹殺、植民地支配の横暴、世界大戦、欧州白人社会におけるユダヤ人差別が如実に表れたヒトラーのユダヤ人虐殺、聖書に宣誓したアメリカ大統領は広島長崎の原爆投下を指示した。これは、全てキリスト教徒の所業である。ほんの一例だが。

欧州白人キリスト教社会におけるユダヤ人差別は、聖書の文言から来ているといわれている。

「ところが、あなたがた（ユダヤ人）はこのイエスを引き渡し、ピラトが釈放しようと決めていたのに、その面前でこの方を拒みました。聖なる正しい方を拒んで、人殺しの男を赦すように要求したのです。あなたがた（ユダヤ人）は、命への導き手である方《かた》を殺してしまいましたが、神はこの方《かた》を死者の中から復活させてくださいました。」

（『使徒言行録』三章十三節〜十五節）

「ユダヤ人たちは、主イエスと預言者たちを殺したばかりでなく、私たちをも激しく迫害し、神に喜ばれることをせず、あらゆる人々に敵対し、異邦人が救われるように私たちが語るのを妨げています。」

（『テサロニケの信徒への手紙一』二章十五節、十六節）

新大陸を目指したピューリタンは自分たちを、カナンの地を目指す選ばれたるシオンの民（古代ユダヤ人）になぞらえた。新大陸は神から与えられた祝福の地、好きなようにしていいのだと、とんでもない勘違いをした。先住民は土俗信仰の異教の民、当然、殺すことが許されている。シャイアン族に対する大虐殺。今では恥ずかしくて見ていられない名作（？）「駅馬車」、先住アメリカインディアン（今はネイティブアメリカン）が極悪人に描かれている。駅馬車を襲う残忍非道、横暴なインディアン。颯爽と戦うジョン・ウエイン扮するヒーロー。何と当時のアカデミー賞総なめ、だったとか？　アメリカ人のための、アメリカ人による、世界のアカデミー映画賞。アメリカ人のための、アメリカ人による、地域限定の野球による世界一決定戦、ワールドシリーズ。かくも白人は幼稚である。特にアメリカ白人はひどい。

ペリーの日本寄港以来、実は、大国アメリカは日本にコンプレックスを抱き続けていたのではないだろうか。これは、あくまで私の想像ですが。武士の教養、立ち居振る舞い、刀の扱い、江戸の町の明るさ、貧しいながらも笑顔の町人たち。「確かに我々は蒸気船を持ち、大砲を武器として備え、誇示する力を持っている。しかし、アメリカには歴史がない。日本は何と二〇〇〇年、この気の遠くなるような文化の差」

と、ペリーは気がついていたのではないだろうか。ペリーは威嚇はしたが、ついに侵略には至らなかった。なぜか。侍はじめ江戸の人たちに品位を疑われるような心持ちがしたからだ。有色人種に対し、こんな気持ちは初めてだった。江戸湾を測量しようとしたら、既に測量されていた。何！　そんなことは有色人種の地を回って初めてのことだった。何ということだ……イノウ・タダタカ、タダタカ・イノウ？　……その名を覚えておこう……あぁ、先々、この国は我ら白人社会を脅かす存在になるかもしれない。ペリーは江戸湾を離れ、太平洋を下る海路についた。しばらく陸を眺めながら進んだ。山並みが美しかった。確かにこの国には歴史に培われた品位がある。恐るべし日本。

これが白人の、日本叩きにつながるコンプレックスの始まりだったんですよね。書き出したら切りがない。このへんで止めておこう。次回ということで……。いや、次回はない。

＊

話が飛んでしまったな。確かにイエスは覚者だ。人として覚者に至った。イエスが神の国といったのは、実は地上天国、つまり、この肉の身をもって悟りに至るための、ほんの入り口を、譬えでもって教えていただけにすぎない。肉をもって心を磨き、悟りに至るしかない。イエスはそういう修行を積んできた。Aquarian Gospel に書かれている。霊は悟れない。なぜなら肉を体験できないからだ。肉の身は全ての始まりだ。肉の中に霊を感じ、人は初めて悟りの入り口に立つことができる。イエスは、なぜ、譬えを用いたか。当時のユダヤの民は、あまりに貧しく、ローマに虐げられ、悟りを理解するにはほど遠かったからだ。しかし、幸せとは即ち心の悟りである。何とか導きたい、何とか幸せにしたい。それで、言葉を工夫し、あれほど見事な譬えを使いながら、説話説教をしていたということなのだろう。全ては譬えだ。天国と地獄、罪と罰、全ては譬えだ。イエスは人としての覚者である。

あとがきにかえて

人は想いの大気の中で生きているといわれます。あらゆる想いは絶えず人の脳を行き交い、時に刺激し、ある時は留まるようでございます。考えますに、そもそも人の発した想いが「想いの大気」を成り立たせているわけですから、「人の想い」とは、まことに、不思議な現象のように思えます。

そして、「想いの大気」を突き抜けると、別の世界が待っているとか……。その先にも、また……。どこまで続くのだろうか、彼方への旅よ。

歌を三題

ときはさり　めぐりののべに　はるそだち
はなのこえにぞ　なにをかもとめむ

つまみぐい　つまんでみると　つんとくる
　つきのあかりに　ついかぐやひめ

にちにちの　やすらぎもとめ　たびにあり
　ななくさつむてに　はぎおみなえし

秋に向かうこの季節に拙著が上梓される運びとなりました。文芸社スタッフの皆さんに大変お世話になりました。深く感謝申し上げます。

二〇一六年　平成二十八年　初秋　　　範　泰生

著者プロフィール

範 泰生（はん たいせい）

1948年生まれ、沖縄県出身。

20代の頃に沖ヨガの沖正弘導師に出会い、多大な影響を受ける。

空手、気功、インドでの瞑想体験などを経て、野口整体創始者である野口晴哉氏の著作に出会い、強い感化を受ける。

近年は、禅者OSHOオショーの膨大な講話録の再読に取り組んでいる。


著書『日日是生死―日日是笑止』（2002年、文芸社）

青天の彼方へ

2016年 9 月15日　初版第 1 刷発行

著　者　範 泰生
発行者　瓜谷 綱延
発行所　株式会社文芸社
〒160-0022　東京都新宿区新宿1－10－1
電話　03-5369-3060（代表）
03-5369-2299（販売）

印刷所　株式会社フクイン

ISBN978-4-286-17606-2